JN424171

해상화열전

해상화열전 2 (큰글씨책)

초판 1쇄 발행 2019년 7월 22일

지은이 한방경
옮긴이 김영옥
펴낸이 강수걸
편집장 권경옥
펴낸곳 산지니
등록 2005년 2월 7일 제 333-3370000251002005000001호
주소 부산광역시 해운대구 수영강변대로 140 BCC 613호
전화 051-504-7070 | 팩스 051-507-7543
홈페이지 www.sanzinibook.com
전자우편 sanzini@sanzinibook.com
블로그 sanzinibook.tistory.com

ISBN 978-89-6545-614-8 04820
978-89-6545-612-4 (세트)

* 책값은 뒤표지에 있습니다.
* 이 도서의 국립중앙도서관 출판예정도서목록(CIP)은 서지정보유통지원시스템 홈페이지(http://seoji.nl.go.kr)와 국가자료공동목록시스템(http://www.nl.go.kr/kolisnet)에서 이용하실 수 있습니다.(CIP제어번호: CIP2019026932)

해상화열전

海上花列傳

2

큰글씨책

한방경 지음 · 김영옥 옮김

산지니

일러두기

1. 이 번역은 한방경(韓邦慶) 저, 『해상화열전(海上花列傳)』[北京: 人民文學出版社, 1999]을 완역한 것이다.
2. 아울러 장아이링(張愛玲) 주역본 『海上花開』, 『海上花落』[哈爾濱: 哈爾濱出版社, 2003], 영어 번역본 Ailing Zhang, Eileen Chang, Eva Hung 역, 『The Sing-Song Girls of Shanghai』[New York: Columbia Univ Press, 2005], 일본어 번역본 太田辰夫 역, 『海上花列傳』[東京: 平凡社, 1969]을 참고하였다.
3. 소설에 등장하는 인명과 지명 등은 모두 한글 한자음을 표기하였다. 다만 해제에서는 1911년 신해혁명을 기준으로 이후 생존 인물은 국립국어원 중국어 표기법에 따랐다.
4. 책의 서두에 한방경의 자서를, 말미에는 후기를 부록으로 붙여 독자들의 이해를 돕고자 했다.
5. 본문 중 각 회마다 사용된 삽화는 장아이링 주역본 『海上花開』, 『海上花落』[北京: 北京出版社, 2010]과 1894년 석인초간 영인본 『海上花列傳』(『古本小說集成』, 上海古籍出版社, 1994)에 실린 공개된 삽화를 다듬어 사용하였다.
6. 책 제목은 『 』, 시는 「 」, 희곡, 노래 제목 등은 〈 〉로 표시하였다.
7. 장아이링 주역본과 영어 번역본에 빠져 있는 시, 문장 등은 저본에 따라 충실히 빠짐없이 번역하였다. 특히 장아이링 주역본, 영어 번역본뿐 아니라 저본에도 빠져 있는 제51회 「예사외편(穢史外編)」은 『해상화열전 하』[湖南: 岳麓出版社, 2005]에 실린 원문에 따라 독자의 이해와 원전의 의미를 살려 모두 번역하였다.
8. 주석은 저본의 주석과 기타 문헌을 참조여 각 회의 말미에 실었다. 장아이링 주역본의 주석은 [장]으로 표기하고 일본어 번역본의 주석은 [일]이라고 표기하였다. 역자 주석은 따로 구별해 밝히지 않았다.
9. 본문에서 처음 나오는 인명, 지명, 특징적 사물에는 한자를 병기하였다. 그리고 시(詩), 사(詞), 곡(曲) 등 문학작품과 성어(成語), 역자 주 내용, 동음이의어 등에도 필요하다고 판단되는 부분에 역시 한자를 병기하였다.

해상화열전 참고지도

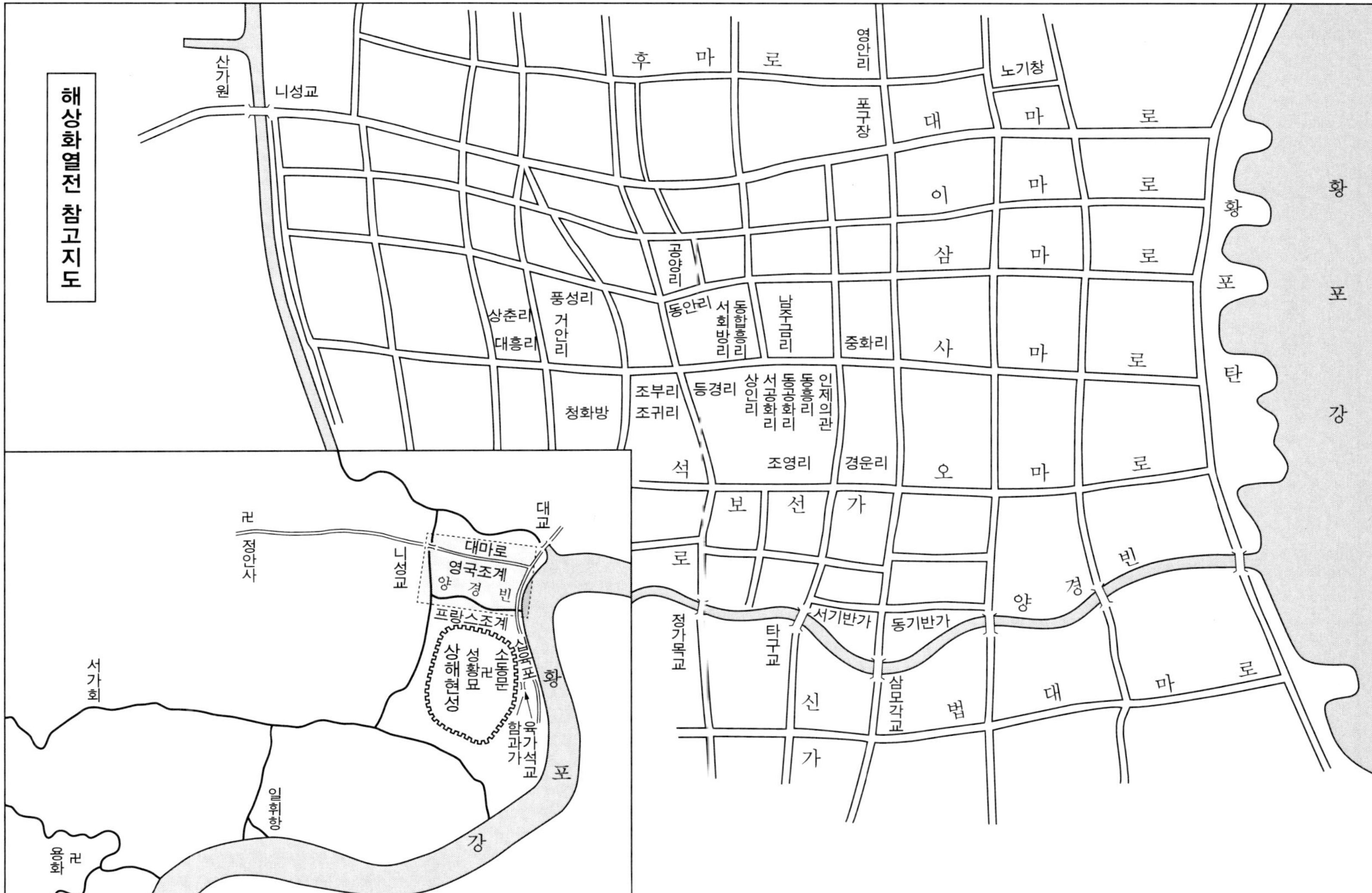

산가원
니성교
후마로
영안리
노기창
포구장
대마로
이마로
삼마로
사마로
오마로
황포탄
황포강
공양리
동안리
서회방리
동합흥리
남주금리
중화리
상춘리
풍성리
대흥리
거안리
조부리
조귀리
등경리
상인리
서공화리
동공화리
동흥리
인제의관
청화방
조영리
경운리
석로
보선가
양경빈
정가목교
타구교
서기반가
동기반가
삼모각교
신가
법대마로
대교
대마로
니성교
영국조계
양경빈
프랑스조계
정안사
상해현성
성황묘
소동문
십육포
육가석교
함과가
서가회
일휘항
용화
황포강

차례

11

공관 가까운 경종 소리에 공연히 놀라고, 제부에게 거안제미로 후한 대접을 하다

亂撞鍾比舍受虛驚 齊舉案聯襟承厚待

심소홍은 한마디 말도 없이 탑상 아래쪽에 앉아 있고, 왕연생은 그 위쪽에 앉아 혼자 아편을 피웠다. 방 안에는 두 사람만 있었다. 새벽 한 시를 훌쩍 넘겼을 즈음, 소홍은 또다시 흐느끼기 시작했다. 연생은 당황하여 귀를 긁적이고 볼을 만지작거리기만 할 뿐 달랠 길이 없어 그냥 내버려두었다. 그런데 이번엔 차마 눈뜨고 볼 수 없을 정도로 마음 아프게 소홍은 울음을 좀처럼 그치지 않았다. 연생은 어쩌지 못해 가까이 다가가 애원했다.

"너희들 마음은 나도 잘 알았다. 네 뜻대로 할 테니, 부탁할게. 그만 울어, 응? 또 울면 내 속이 타 들어가!"

소홍은 목이 메이면서도 성난 목소리로 말했다.

"거짓말 말아요! 여태껏 속이고서 또 나를 속이려고 해요! 당신은 분명 내 목숨 가지고도 속이려 할 거예요."

"지금 내가 무슨 말을 해도 믿지 못하고 말끝마다 내가 속인다고만 하는구나. 이제는 그만해. 내일 수표[1] 한 장 끊어서 대신 빚을 갚아주면 되잖아?"

"좋은 생각이군요. 빚을 다 갚아주고 나면 오지 않겠다 이거죠? 그래야 장혜정 만나러 가기 좋으니까? 당신 정말 영리해요! 당신은 빚 갚아주기가 싫을 것이고, 저도 당신이 그러기를 원치 않아요."

소홍은 고개를 다른 쪽으로 돌리고 울음을 삼켰다. 연생이 답답해하며 말했다.

"누가 장혜정 만나러 간다고 했어?"

"그럼 안 가실 거예요?"

"안 가."

그러자 소홍은 연생의 얼굴에 대고 큰 소리로 말했다.

"당신 또 저를 속이려고! 두고 보셔요. 제가 내일 장혜정 집에서 죽어버릴 테니!"

연생은 순간 갈피를 잡지 못하고 멍하니 생각해보았지만 할 말이 없었다. 마침 아주가 주전자를 들고 들어와 찻잔에 물을 부었다. 연생은 그녀를 불러 세워 시시콜콜 털어놓은 다음 물었다.

"도대체 소홍은 무슨 생각을 하고 있는 거야?"

아주가 웃으며 대답했다.

"왕 나리께서 아시겠죠. 제가 어떻게 알아요."

"자네는 그래도 맞는 말을 곧잘 하잖아. 내가 몰라서 묻는 거야."

아주는 웃으며 말했다.

"나리처럼 총명하신 분이 모르긴요! 생각해보세요. 그동안 사이가 좋았는데도, 우리 선생 빚을 왜 안 갚아주셨어요? 오늘 한바탕하고 나서야 빚을 갚아주겠다고 하시면 홧김에 뱉은 말 같잖아요? 그러면 우리 선생이 좋아라 하겠습니까?"

연생은 답답해서 발을 쿵쾅거리며 말했다.

"소홍이 화를 풀기만을 바라고 있는데, 내가 화가 났다는 거야!"

아주가 웃으며 말했다.

"우리 선생이 무슨 화가 났다고 그러세요. 다 왕 나리 때문이지요. 나리께서도 생각해보세요. 우리 선생이 다른 손님이 있나요? 왕 나리께서 오지 않으시면 우리 선생은 어떻게 해요? 우리 선생 체면을 봐서 계속 와주시면 나리께서 다시 장혜정과 만나셔도 괜찮아요. 우리 선생 빚이야, 얼마든 간에 빨리 갚아도 나리께서 갚아주셔야 하고 늦게 갚아도 나리께서 갚아주셔야 하니 나리 편하실 대로 갚아주시면 되는 거고, 나리께서 우리 선생에게 잘하든 못하든 그것도 문제가 아니지요.

아닌가요?"

"자네도 말을 애매모호하게 하는군. 내가 빚을 안 갚아준 게 내 잘못이라고 해서 갚아주겠다는데도 네 선생은 내가 잘못했다고 하는데, 도대체 내가 어떻게 해야 잘하는 거야?"

아주가 웃으며 말했다.

"왕 나리께서도 참, 농담도 잘하셔요. 제가 알려드려요?"

아주는 이 말을 던져놓고 주전자를 들고 억지 웃음을 지으며 내려갔다.

연생은 생각해봐도 어떻게 해야 할지 몰라 온갖 부드럽고 사랑스러운 말들로 소홍의 시중을 들었다. 소홍은 연생이 정말로 빚을 갚아주려 하고 또한 자기에게 유리하게 돌아가는 것을 보고는 서서히 울음을 그쳤다. 연생은 그제야 큰 돌덩이를 땅에 내려놓을 수 있었다. 소홍은 손수건으로 눈물을 닦으면서 여전히 불평을 늘어놓았다.

"당신은 제가 화낸 것만 탓하죠. 당신도 내 입장에서 생각해봐요, 당신이 저였더라면 화가 안 났겠어요?"

연생은 재빨리 웃음을 지어 보이며 대답하였다.

"당연히 나지, 나고 말고! 내가 너였다면 해가 뜰 때까지 화가 안 풀렸을 거야!"

이 말에 소홍도 웃음이 터질 뻔했지만 억지로 참으며 말했다.

"낯짝도 두꺼워, 누가 당신 신경이나 쓴대요?"

소홍의 말이 채 끝나기도 전에 갑자기 '땡 땡 땡 땡' 종소리가 들려왔다. 소홍이 먼저 듣고 말했다.

"그런데 이거 경종 소리 아니에요?"

연생은 소리를 듣고 급히 유리 창문 한쪽을 열고 아래를 보며 소리쳤다.

"맞아!"

아주는 아래층에서 큰 소리로 대답했다.

"경종 소리예요! 빨리들 내려와서 보세요!"

곧바로 남자 하인들이 문밖으로 우르르 쫓아 나갔다. 연생은 경종소리를 손으로 세어보았다. 딱 네 번이었다.[2] 뒤쪽 노대(露臺)로 가서 보니, 달빛만 하늘 한가운데서 빛나고 고요할 뿐 불빛은 보이지 않았다. 방으로 돌아오는데 마침 남자 하인 한 명이 뛰어 올라와 전했다.

"동기반가에서 불이 났습니다."

연생은 다급하게 탁자 옆 교의에 올라서서 유리창을 열고 동남쪽을 바라보았다. 담장 사이로 불빛이 보였다. 연생은 초조해져서 소리쳤다.

"내안!"

남자 하인이 대답했다.

"내안 도련님은 가마꾼과 함께 확인하러 뛰어 나갔습니다."

연생은 초조해지고 심장이 두근거렸다. 소홍이 말했다.

"동기반가인데, 당신하고 무슨 상관이에요?"

"공관 맞은편이 동기반가잖아."

"그래도 사이에 오마로가 있잖아요."

그때 내안도 뛰어 들어와 마당에서 '나리' 하고 불렀다.

"동기반가 동쪽 끝인데, 아주 가깝습니다. 순포들이 막고 있어서 들어가질 못했습니다."

연생은 이 말을 듣고 발걸음을 옮기며 나갔다. 심홍이 말했다.

"가시게요?"

"갔다 올게."

연생은 내안에게 따라오라고 하고 바로 사마로를 나와 불빛이 보이는 곳으로 다급하게 달려갔다. 남주금리 입구에 이르자 진소운이 혼자 낭하에 서서 불구경을 하고 있었다. 연생은 같이 가자고 그를 끌고 갔다. 그러자 소운이 말했다.

"천천히 가. 자네는 보험이 있는데, 뭐가 걱정인가?"

연생은 그제야 발걸음을 조금 늦추었다. 모퉁이를 도니 외국 순포가 여러 사람들을 이끌고 관을 길게 연결하여 땅 위에 늘어놓았다. 그리고 수돗물을 틀고, 관 끝을 수도꼭지에 끼웠다. 물소리는 들리지 않는데 관은 점점 팽팽하게 부풀어 올랐다. 이에 왕연생 일행은 관을 따라 오마로 근처까지 갔다. 그때 순포가 그들을 막았다. 연생이 외국어로 몇 마디를 하자 지나가게 해주었다. 불은 멀리서 타오르고 있었지만 '타닥타닥' 폭발하는 소리가 귓전까지 들렸다. 마치 몇천 발의 불꽃을 쏘아 올리고 머리 위로 불꽃이 어지럽게 떨어지는 것 같았다.

연생과 소운은 소매로 머리를 가리고 내안과 함께 단숨에 공관 입구까지 뛰어갔다. 연생의 조카와 요리사, 하인들이 낭하에서 서로 앞다투어 가며 아뢰었다.

"보험국에서 보고 갔습니다. 그렇게 심각한 건 아니라고 걱정하지 않으셔도 된다고 했습니다."

진소운이 말했다.

"심각하든 아니든 자네는 보험증서를 직접 지니고 다니게. 은화는 철제 상자 속에 넣어두고 또 장부나 계약서, 서류 등은 하나로 정리해서 한 사람에게 맡기게. 다른 물건들은 손 댈 필요 없지만."

"증서는 친구에게 맡겨둬야겠어."

"그러면 제일 좋지."

연생은 소운을 이 층 방으로 안내하며 대신 수습해달라고 부탁했다. 그때 갑자기 또 '우지직' 무너지는 소리가 들려왔다. 집이 내려앉는 소리임을 알고 급히 창가로 가서 보았다. 불꽃은 점점 타올라 몇 길의 높이로 치솟았다. 바람 때문에 불길이 더욱 거세게 일어났다. 연생은 또 급히 몸을 돌려 수습하려고 하였다. 이것을 챙기면 저것을 잊어버리고, 뒤죽박죽이긴 했지만 대충 정리를 끝내고 다시 소운에게 물었다.

"대신 생각 좀 해줘 봐, 잊은 게 없나?"

"없어. 서둘지 말게. 자네는 걱정하지 않아도 돼."

亂撞鐘比舍受虛驚
第十一回
十五

연생은 대답하지 않고 창가로 가서 섰다. 갑자기 또 불길 속에서 검은 연기가 뭉게뭉게 피어오르더니 불꽃과 뒤섞여 하늘로 치솟았다. 문 앞에서 사람들이 일제히 소리를 질렀다.

"와, 와!"

소운도 창가로 와서 보고는 말했다.

"소화전으로 불을 끄기 시작하는군."

과연 불길은 점점 작아지더니 조금씩 꺼져갔다. 검은 연기도 옅어졌다. 연생은 그제야 마음을 놓고 돌아와 자리에 앉았다. 소운이 웃었다.

"자네는 보험을 들었는데 뭐가 그리 불안한가? 꼭 보험 들지 않은 것처럼 말이야."

연생도 웃으며 말했다.

"나도 괜찮다는 걸 알고 있는데 보고 있으니 초조해져서 그래."

얼마 후 소방차 바퀴가 굴러가자 고무관에서 공기 빠지는 소리가 들려왔다. 불을 끄고 이제 돌아가는 것이었다. 이어 연생의 조카와 내안 등은 이야기를 한참 나누다 함께 집으로 돌아왔다. 연생은 내안에게 차를 내오라고 하였다. 그러자 소운이 말했다.

"나는 자러 가야겠네."

"그러면 함께 나가세."

"자네는 어디로?"

"심소홍."

진소운은 더 이상 묻지 않고 아래층으로 내려와 문을 나섰다. 마침 가마꾼이 빈 가마를 들고 와 문 앞에 멈추어 섰다. 소운이 말했다.

"자네는 가마 타고 가게. 나 먼저 가겠네."

연생도 그의 말대로 소운을 먼저 배웅해주었다.

소운이 동쪽 불이 난 곳을 보니 아직도 연기가 자욱한 와중에 백황색으로 바뀌어 있었다. 발길 닿는 대로 걸으며 여기저기 둘러보니 땅은 소화전에서 뿌려진 물로 질척거리고 벽돌과 기와 조각들이 여기저기 널려 있어 하는 수 없이 기반가 입구에서 멈춰 서야 했다. 바람을 타고 훅 하고 불어오는 열기에는 매캐한 재 냄새가 섞여 있어 맡기 힘들었다. 그래서 소운은 급히 서쪽으로 발길을 돌렸다. 내안이 왕연생의 가마를 따라 한참 멀리 가고 있었고, 거리는 적막하고 조용했다. 이날 기망의 둥근 달은 언제나처럼 하얗게 빛났으며 전기등이 특별히 환하여 마치 수정궁에 와 있는 것 같았다.

소운은 혼자 이리저리 거닐고 있는데 갑자기 어두컴컴한 곳에서 마치 저승사자가 꼿꼿하게 서 있는 것 같은 기운을 느꼈다. 막 비명을 지르려는 순간 그 형체가 밝은 곳으로 걸어 나왔다. 그제야 또렷하게 보였는데 다름 아닌 홍색 띠를 머리에 두른 순포[3]였다. 소운은 자기도 모르게 웃음이 나왔다. 그는 바로 남주금리의 상발 복권가게 이 층으로 돌아와 집사 장복의 시중을 받고 잠자리에 들었다.

다음 날은 조금 늦게 일어나기도 했고 또 나른하기도 하였다. 식사를 하고 나니 아편을 피우고 싶은데, 어디로 가볼까 하고 생각했다. 주애인이 있는 곳이 가깝긴 하지만 듣자니 요 며칠 동안 항주 여전홍을 모시고 다닌다고 하니 분명 집에 없을 테고, 아무래도 김교진의 집으로 가는 것이 편하지 싶었다. 마음을 정하고 아래층으로 성큼 내려갔다. 호죽산이 초대장을 건네주며 방금 온 것이라고 했다. 소운이 보니 장여보가 취수당 육수보의 집에서 술자리를 가진다는 것이었다. 소운이 기억하기로 여보가 사귀는 기녀는 육수림인데, 어떻게 육수보의 방에서 술을 마실까 생각하다 대신 초대한 것이로구나 짐작할 수 있었다. 소운은 초대장을 내려놓고 문을 나섰다. 인력거를 부르지 않고 좁은 골목길을 따라 동안리 입구 김교진의 집으로 곧장 갔다. 김교진은 마침 이 층 한가운데에서 머리를 빗고 있었다. 여자 하인 은대(銀大)는 소운을 방으로 모시고 물담뱃대를 가져와 담배를 채워주었다. 소운은 은대에게 불을 붙여 달라고 했다. 은대가 말했다.

"아편을 피우실 거예요? 채워드릴게요."

"조금만, 작은 담뱃대 정도면 충분해."

은대가 아편에 불을 붙여 소운에게 주었다. 김교진도 머리를 다 빗고 방으로 들어와 옷을 갈아입었다. 그리고 대뜸 소운에게 물었다.

"당신 오늘 다른 일 없으면 마차 타러 가실래요?"

진소운이 웃으며 말했다.

"그래도 마차를 타고 싶으냐! 장혜정이 심소홍에게 두들겨 맞은 것도 다 마차 타다가 생긴 일이야."

"장혜정이 멍청해서 그렇죠. 심소홍에게 쓸데없이 맞고나 있어. 누가 날 때리면, 나였으면 한 밑천 잡는 거죠!"

"오늘 왜 이리 기분이 좋아, 마차 탈 생각에 그러냐?"

"마차 탄다고 기분 좋은 게 아니에요. 우리 언니 때문에 어젯밤에 얼마나 놀랐는지. 여기 와서 날이 샐 때까지 울다가 돌아갔어요. 언니가 좀 괜찮아졌는지 보러 가려고 그러죠."

"네 언니는 회춘당에 있잖아, 여기서 얼마나 떨어져 있다고 걱정이야?"

"비아냥거리지 말아요! 걱정이 없는데, 왜 왔겠어요?"

"넌 언니 보러 가고 나더러 마차에 앉아 기다리고 있으라는 거야?"

"같이 언니 보러 가는 것도 괜찮죠."

"내가 가서 뭐해?"

"가서 마른안주나 시키면 되잖아요."

소운은 그것도 괜찮겠다고 생각하였다.

"그럼, 가지."

교진은 아주머니 아해(阿海)를 시켜 남자 하인에게 마차를 부르라고 했다.

잠시 후, 마차는 동안리 문 앞에 도착했다. 진소운과 김교진은 아주머니 아해와 함께 마차에 올라탔다. 마부에게 먼저 황포강변을 돌아 동기반가로 가자고 했다. 이 지역은 길이 복잡하지 않아 눈 깜짝할 사이 하려수대(河麗水臺) 차관(茶館)에 다다랐다. 아해는 소운을 안내하며 먼저 들어가고 교진은 천천히 뒤를 따라 갔다. 골목길 첫 번째 집이 바로 회춘당(繪春堂)이었다.

소운은 아해를 앞세우고 곧장 이 층으로 갔다. 방문 앞에 이르자 아해는 주렴을 걷어 올리고 소운을 방 안으로 들였다. 김교진의 언니 김애진(金愛珍)은 창가에 기대고 앉아 바늘과 실을 펼쳐놓고 신발 한 짝을 수놓고 있었다. 소운을 보자 애진은 웃음을 띠며 말했다.

"진 나리, 여기는 어쩐 일이십니까?"

아해가 따라 들어가며 말을 받았다.

"우리 선생이 뵈러 왔어요."

"그러면 들어오라고 해요."

"지금 오고 있어요."

애진은 급히 방을 나서며 맞이했다. 아해는 소운을 자리로 모시고 밖으로 나갔다. 짙게 화장한 기녀들이 우르르 몰려와 차를 마시러 온 손님인 줄 알고 둥글게 그를 에워쌌다.[4] 농을 던지며 시시덕거리고 웃기도 하고 삐지기도 하며 온갖 아양을 떨면서 소운을 자신의 손님으로 들이려 했다. 소운도 그 의

도를 알지만 별다른 반응을 보이지 않았다. 마침 김애진의 아주머니가 찻잔을 가져오자 소운은 바로 그녀에게 마른안주를 가져오라고 했다. 아주머니는 잠시 멍하니 있다가 웃으며 말했다.

"진 나리, 예의 차리실 필요 없으세요."

"기루의 규칙이니 자네는 가서 가져오기나 해."

기녀들도 그제야 소운에게는 진혀 가망이 없다는 것을 알고 흩어졌다.

잠시 후, 김애진과 김교진은 나란히 손을 잡고 아해와 함께 방으로 들어왔다. 교진은 탁자 위에 널려 있는 바늘과 실을 보고 가까이 가서 뒤적거리며 전족 신발 등[5]을 뒤집어 꼼꼼하게 들여다보았다. 애진은 마른안주를 정중하게 올리며 소운에게 아편 불을 붙여주려고 했다. 소운이 말했다.

"예의 차리지 말게, 됐네."

애진은 또 직접 화장대 서랍을 열어 장미잼[6]이 담긴 그릇을 꺼냈다. 은잠을 뽑아 그릇 안에 넣어 소운이 마시도록 했다. 소운은 썩 내키지 않았다. 교진도 말했다.

"언니, 너무 신경 쓰지 마. 그냥 혼자 앉아 있어도 괜찮아. 나랑 이야기나 해."

애진은 하는 수 없이 아주머니를 불러 소운의 시중을 들게 하고 창가로 가서 신발의 천이며 바늘과 실을 정리하면서 웃으며 말했다.

"못 만들었어."

"아니, 원래 실력대로 잘 만들었는데. 난 삼 년을 해도 다 못 만들어. 만들 줄도 몰라. 작년에 신발을 만들려고 했는데 보름 만에 포기하고 그냥 하던 대로 다른 사람에게 만들어달라고 했어. 다른 사람이 만든 신발이 직접 만든 것보다 못하지만 말이야."

애진이 가까이 다가와 교진의 바지를 들추자, 교진은 발을 내밀며 보여주었다. 애진이 말했다.

"네가 신으니까 아주 세련되어 보여."

"이번 신발도 안 좋아. 걸어가면 앞쪽이 벗겨져서 조심하지 않았다간 넘어져."

"너는 혼자 만들 시간이 없잖아. 다른 사람이 만들어주면 가져오기만 하면 되는데 그게 좋지 뭐."

"그래도 내가 직접 만들고 싶어. 그래야 마음에 들어."

자매는 잡담을 나누다가 무슨 말을 하려는지 갑자기 귓속말로 속삭였다. 얼마나 비밀스러우면 소운이 들을까 봐 다른 빈방에 가서 의논하려고 했다. 교진은 소운에게 부탁했다.

"잠깐 기다려줘요."

애진이 소운에게 물었다.

"간식 좀 드시겠어요?"

소운이 황급히 말리면서 말했다.

"우리는 식사한 지 얼마 안 됐어. 예의 차리지 말게."

海上花列傳
齊舉案
聯襟
承
厚待

"그래도 조금이라도."

교진은 미간을 찌푸리며 끼어들었다.

"언니, 왜 이래? 언니와 나 사이에 무슨 예의야? 그 사람이 간식을 먹고 싶어 하면 내가 말해. 지금은 먹고 싶지 않다잖아."

애진은 다시 묻지 못하고 아주머니와 눈짓을 주고받고 교진과 함께 빈방으로 가서 이야기를 나누었다.

얼마 후, 그 아주머니는 간단한 요리 네 가지를 가져와 상아 젓가락 세 벌을 놓았다. 그리고 소운을 상석으로 청했다. 소운은 마지못해 억지로 자리에 앉았다. 옆방으로 가서 교진을 청하니 그녀는 언니를 원망하며 먹지 않겠다고 버티다 애진에게 강제로 이끌려 왔다. 교진은 네 가지 요리를 보고 말했다.

"언니, 이제 안 올 거야! 뭐 하는 거야?"

애진은 웃기만 하고 교진을 소운의 맞은편 교의에 눌러 앉히고 상아 젓가락으로 요리를 집어 올려주었다. 교진이 말했다.

"또 손님처럼 대하면 난 안 먹을 거야!"

애진이 말했다.

"그럼 조금만 먹어봐!"

소운에게 요리를 집어 올려주자, 소운이 말했다.

"혼자 먹을 테니, 그러지 말게."

"언니는 왜 좀 편하게 못해? 언니가 되어가지고 체면 생각은 안 해!"

소운이 웃으며 말했다.

"네 언니는 내 누님과 같은데, 예의가 없어서야 되나?"

애진도 웃으며 말했다.

"진 나리께서 맞는 말씀 하시네요."

교진은 애진에게 말했다.

"언니도 먹어. 내가 집어줘?"

소운은 그 말을 듣고 얼른 상아 젓가락으로 고기만두[7]를 집어서 애진에게 올려주었다. 당황한 애진은 일어나며 말했다.

"진 나리, 그러지 말아요."

교진은 다른 곳으로 머리를 돌리며 웃었다.

"안 먹으면 나도 언니에게 집어 올려줄 거야."

애진은 고기만두를 다시 쟁반에 내려놓고 직접 케이크를 집어다 주었다. 교진은 한 조각만 먹고 젓가락을 내려놓았지만 오히려 소운은 네 가지 요리를 모두 조금씩 맛보았다.

"언제는 드시라고 해도 안 드시더니 오늘은 많이 드시네요."

소운이 웃으며 말했다.

"언니가 간식을 사 와서 나를 대접하는데 내가 입에도 대지 않으면 미안할 것 같아서 말이야, 안 그래?"

애진이 웃으며 말했다.

"나리께서 이렇게 말씀해주시니 제가 오히려 몸 둘 바를 모르겠습니다. 조악한 간식이 무슨 대접이라고 할 수나 있나요."

아주머니는 물수건을 짜서 올렸다. 아해도 와서 아뢰었다.

"마부가 몇 번이나 재촉했는지 몰라요. 아휴, 정말 죽겠어요."

교진이 말했다.

"우리도 곧 갈 거야, 간식도 다 먹었어."

소운이 웃으며 말했다.

"언니에게 예의를 갖추려면 간식을 먹고 고맙다고 인사를 해야지, 먼저 갈 생각이나 하느냐. 이것도 체면을 깎는 일이야!"

교진이 웃으며 말했다.

"당신은 안 가시고, 여기서 저녁 드실 생각이에요?"

애진이 웃으며 말했다.

"우리끼리는 먹을 수 있지만, 간단한 저녁식사에 진 나리를 초대할 수는 없지."

소운과 교진은 작별인사를 하고 나섰다.

---

1 옛날 전장(錢莊)에서 발행한 수표로 장표(莊票)라고 하였다. 민간 금융업이라고 할 수 있는 전당포와 지방상회에서 발행한 신용 종이화폐로, 정부의 허가를 받은 것이 아니었기 때문에 발행자가 거주하는 지역에서만 유통되었다.

2 당시 상해에서는 화재가 나면 처음 동안 30초 동안 연속해서 경종을 치고, 다음부터는 10초간 간격을 두고 일정하게 울려 화재 장소를 알렸

다. 네 번 쳤다는 것은 대마로 이남의 영국조계지(동기반가가 있는 곳)에 불이 났다는 것을 의미한다.[일]

3 짙은 홍색 두건을 두르고 있는 순포는 인도 순포이다.

4 손님이 요이 기루에서 차를 마시는 것을 '이차(移茶)'라고 하였다. 그곳은 장삼서우와 마시는 것보다 자유롭다. 일반적으로 그곳을 처음 방문하는 손님이라면 남자 하인이 손님이 왔다고 소리쳐서 알리고, 기녀들이 몰려나와 손님을 둘러싼다. 그러면 그중에서 마음에 드는 기녀를 고르고 그 기녀의 방에 들어가 차를 마신다.

5 전족 신발의 밑창을 뺀 부분을 혜면(鞋面)이라고 하는데, 발등을 감싸는 부분이다.

6 장미꽃으로 만든 잼. 기루에서 만든 귀중한 것 중 하나로 주로 여름철에 손님에게 제공하며 색깔로 운세를 점치기도 한다.[일]

7 돼지고기, 양파, 소금, 후추를 혼합해 얇은 피에 넣고 찐 만두로 '소매(燒賣)'라고 한다.

12

원수를 뒤로하고 중재자를 번거롭게 하고 도깨비장난을 하는 척하며 답요낭[1]을 재촉하며 돌리다

背冤家拜煩和事老 裝鬼戲催轉踏謠娘

김교진과 김애진은 이야기를 나누며 천천히 걸어 나왔다. 진소운은 빠른 걸음으로 나와 먼저 마차에 올라탔다. 아해도 마차 옆에서 기다리고 있었다. 김애진은 기반가를 나와 아해가 교진을 마차에 태우고 채찍질하여 출발하는 것을 보고 나서야 집으로 들어갔다.

소운은 날이 어두워지는 것을 보고 정안사로 가기에 늦었다고 교진에게 말하고 마부에게는 황포강변 쪽으로 돌아가자고 했다. 오마로에서 나와 대마로로 들어가 다시 사마로를 우회한 다음 삼마로 동안리에서 내려 집으로 들어갔다.

소운은 교진의 방에 잠시 앉았다가 가게로 돌아가려 했는데 마침 마부가 마차를 끌고 와서 초대장 두 장을 올렸다. 하나는 장여보가 초대를 재촉하는 것으로, 아래에 '선경 형도 자리를 하니, 절대 물리치지 않으시길 바랍니다.'라는 두 구절이 덧붙어 있었다. 또 한 장은 왕연생이 심소홍의 집에서 초대하는 술자리였다.

소운은 분명 홍선경도 왕연생의 초대를 받았을 것이라고 확신하고, 그곳에 먼저 참석하여 선경과 상의해서 다음 장소로 가는 것이 좋겠다고 생각했다. 이에 마부에게 마차를 끌고 서회방리로 가 있으라 하고 자신은 혼자 심소홍의 집으로 걸어갔다. 방에는 술자리의 주인 왕연생 외에 두 명이 더 있었다. 그들은 왕연생의 동업자들로, 전날 밤 장혜정의 집에서 봤던 치한들이었다. 한 명은 양류당(楊柳堂)이라고 하고 또 다른 한 명은 여걸신(呂傑臣)이라고 하였다. 이 둘은 진소운과 비록 지교를 맺은 사이는 아니지만 안면이 있어 서로 공수하며 인사를 나누고 자리에 앉았다. 이어 집사 내안이 초대장을 돌리고 돌아와서 아뢰었다.

"주 나리는 항주 여전홍 대인을 모시고 다녀야 하므로 참석하지는 못하지만 감사하다는 말씀을 전하셨고, 다른 분들은 모두 오겠다고 하셨습니다."

내안은 왕연생이 별다른 분부를 내리지 않자 손님 명부[2]를 내려놓고 물러났다. 연생은 아주에게 남자 하인을 불러 술자리를 준비하라고 했다. 진소운이 손님 명부를 집어 들고 한 번 훑어보니 모두 열 명이었다.

"자리는 탁자 두 개를 붙여 쌍대(雙檯)로 해야겠는데?"

왕연생은 고개를 끄덕였다. 심소홍이 웃으며 말했다.

"저는 여태 쌍대가 뭔지를 몰랐는데, 지금에서야 알았어요. 탁자 두 개를 준비해야겠네요. 그래야 체면도 서겠죠."

진소운은 자신도 모르게 웃음이 나왔다. 그는 다시 위에서 아래까지 명부에 적힌 이름들을 살펴보았다. 특이한 것은 전날 저녁 장혜정의 집으로 초대된 그대로 한 사람도 빠지지도 않고 늘지도 않은 것이었다. 그래서 왕연생에게 그 이유를 물었지만 왕연생은 웃기만 했다. 양류당과 여걸신은 이구동성으로 말했다.

"소홍 선생 뜻 아니겠습니까?"

진소운은 그제야 눈치를 챘다. 심소홍은 웃으며 말했다.

"쓸데없는 소리들 하고 계시네요! 저의 집에서 술자리를 마련하려면 친구들을 초대해야 하고, 그러자니 마지못해 친한 친구 몇 분을 초대해서 겨우 자리만 채워주려는 거지요. 체면을 생각한다면야 다른 집과 비교하면 안 되죠. 주 나리처럼 저희를 무시하고 아예 안 오시기도 하잖아요!"

서로 웃고 떠드는 사이 갈중영, 나자부, 탕소암이 차례로 도착했다. 도운보와 도옥보 형제들도 뒤따라 도착했으니 모두 모인 셈이었다. 진소운이 말했다.

"선경은 왜 아직 안 왔나? 다른 곳에서 대접을 받고 있는 모양이지?"

왕연생이 말했다.

"아니, 우연히 홍선경을 만났는데 일이 있다기에 빨리 다녀 오라고 했네. 곧 올 거야."

왕연생의 말이 끝나기도 전에 아래층에서 남자 하인이 고했다.

"홍 나리께서 올라가십니다."

왕연생은 방에서 나와 그를 맞이하고 한참 이야기를 나누고서야 함께 방으로 들어왔다. 심소홍은 홍선경을 보고 황급히 일어나 함박웃음을 띠며 말했다.

"홍 나리, 화내지 마세요. 제가 어디 경중을 따져가며 말을 하나요. 말이 나와서 하는 말이지만, 가끔씩 손님들에게 말을 잘못해서 화가 나셔도 제가 전혀 눈치를 못 채기도 해요. 어제 밤에도 제가 '홍 나리께서 왜 금방 가시려고 하셨죠?' 물어보니까 왕 나리께서 제가 잘못했다고 하잖아요. 그래서 제가 '어머나! 전 몰랐어요! 제가 왜 홍 나리께 잘못했을까?'라고 했지요. 오늘 날이 밝자마자 아주에게 주쌍주의 집에 가서 나리를 뵙고 오라고 하니까 왕 나리께서 '나중에 홍 나리를 초대하러 갈 거야.'라고 하시더군요. 홍 나리, 왕 나리 체면을 봐서라도 절 용서해주세요."

홍선경은 껄껄 웃으며 말했다.

"내가 무슨 화가 났다고? 너도 잘못한 것 없다. 쓸데없이 마음 쓰지 마. 난 친구일 뿐이야. 잘못했어도 괜찮아. 다만 왕 나리께는 잘못하면 안 되지. 잘못했다간 내가 너에게 해준 좋은 말들도 아무 소용 없을 거야."

소홍이 웃으며 말했다.

"전 홍 나리께서 좋은 말을 해주기를 원하지도 않고 싫은 소리를 하신대도 겁나지 않아요. 홍 나리께서는 왕 나리의 친구시니 제가 홍 나리께 잘못하면 저의 왕 나리께서도 난처해하며 나리께 미안해하기 때문이에요. 안 그래요, 홍 나리?"

왕연생이 끼어들며 말을 끊었다.

"그만하고, 자리에 앉지."

모두 웃으며 중앙 자리로 몰려가서 앉았다. 진소운은 홍선경에게 물었다.

"장여보가 육수보의 집에서 술자리를 마련한다는데, 자네도 가지?"

홍선경은 그 말에 깜짝 놀라며 말했다.

"난 모르는 일인데."

"여보가 초대장을 보내며 자네도 온다고 하던데. 내가 알기로는 여보는 육수림을 만나는데, 육수보 쪽에서 누가 대신 초대하는 거지?"

"내 외조카 조박재가 육수보의 집에서 한 번 술을 마신 적이 있는데, 오늘 저녁도 연이어 술자리를 만든 건지도 모르겠네."

곧 그들이 부른 기녀들이 속속 도착했다. 과연 주쌍주는 취수당 육수보의 집에서 보낸 초대장을 들고 와서 홍선경에게 보여주었다. 정말로 술자리의 주인이 조박재라고 적혀 있었다. 홍선경이 진소운에게 물었다.

"갈 건가?"

"아니. 자네는?"

"난 어색하고 불편해서 안 가는 게 낫겠어."

홍선경은 말을 끝내고 초대장을 내려놓았다.

나자부는 기녀들이 온 것을 보고 선을 깔려고 했다. 왕연생은 양류당과 여걸신에게 물었다.

"자네들 떠들썩하게 술 마시는 거 좋아하지. 여기에 나자부가 있으니 재미를 보겠군."

심소홍이 말했다.

"제가 오늘 소당명을 부르는 걸 깜박했군요. 불렀으면 더 시끌벅적할 텐데."

탕소암이 웃으며 말했다.

"올해는 이월에 황매가 열렸나 보군. 왜 여러 사람 입에서 시큼한 냄새가 날까?"

홍선경이 웃으며 말했다.

"황매철[3]이라면 차라리 낫지. 청매가 황매보다 훨씬 시큼해!"

홍선경의 말에 손님들과 기녀들이 모두 큰 소리로 한바탕 웃었다.

왕연생은 멋쩍어하며 화제를 바꾸려고 양류당과 여걸신을 불러 나자부가 깔아놓은 선에 들라고 했다.

판이 펼쳐지자 꽃들이 저마다 자리 잡고 앉았다. 오가는 술잔 바빠지고 달빛에 더욱 취하였다. 현의 선율 애절하고 죽관 소리 마음을 고동쳤다. 손님의 상투가 비뚤어지고, 기녀의 비녀가 흐트러지고, 그들의 기름진 말과 질투 섞인 모습들은 말해 무엇하리.

술자리가 끝나자 손님들은 일어나 작별인사를 했다. 왕연생은 속속 떠나가는 손님들을 배웅하면서 홍선경만 붙잡았다. 선경은 무슨 일인지 물었다. 연생은 머리장신구를 싼 보자기를 꺼내며 내일 경성은루에 가서 새깃으로 바꾸고 장혜정에게 전해달라고 부탁했다. 선경은 그러겠다고 대답을 하고 보자기를 풀어서 물건을 세어보고 다시 옷 안에 넣었다. 사실 연생은 심소홍이 이 장면을 봤으면 했다. 그러나 소홍은 못 본 척하며 한참을 앉아 있다가 아예 내려가버렸다. 왕연생의 속마음을 알아챘는지 알 길은 없지만 말이다.

연생은 방에 아무도 없는 것을 보고 거래서 한 장을 꺼내어 선경에게 건네주며 조용히 말했다.

"이것 말고도 물건 몇 개가 더 있네. 적힌 대로 처리해주게. 그리고 모두 장혜정에게 전해줘. 소홍 모르게 해야 돼."

또 당부의 말을 덧붙였다.

"오늘 저녁에 먼저 장혜정에게 가서 필요한 물건이 더 있는지 물어보고, 여기에 적어 넣게. 잊지 말고 해주게. 수고 좀 해줘, 꼭!"

선경은 대답을 하고 그 거래서를 잘 챙겨 넣었다. 때마침 소홍도 이 층으로 올라왔다. 왕연생은 웃음을 머금은 채 소홍에게 물었다.

"아래층에서 뭐 했어?"

소홍은 그 말을 듣고 멍한 표정을 지었다.

"아무것도 안 했어요. 왜 물어보시죠? 아래층에 누가 있다는 말이에요?"

연생이 웃으며 말했다.

"그냥 물어봤을 뿐이야, 어떻게 이렇게 의심이 많으냐."

소홍은 정색을 하며 말했다.

"제가 있어서 말씀하기 불편하신 것 같아 비켜줬더니 고작 하시는 말씀이 이거예요?"

연생은 공수를 하고 웃으며 말했다.

"감사합니다!"

소홍도 한 번 웃고 더 이상 말을 꺼내지 않았다.

홍선경은 다른 말이 없는 것으로 알고 작별인사 후 나섰다. 왕연생은 계단까지 배웅하며 재차 당부를 했다. 선경은 곧바로 동합흥리 장혜정의 집으로 갔다. 장혜정은 그를 맞이하며 방으로 모셨다. 선경은 앉으며 왕연생이 부탁한 말을 전하고

肯寬家拜煩和
事老
第十二回
二十二

나서 물었다.

“또 필요한 물건 없느냐?”

“없어요. 다만 이름 새기는 반지는 팔 전짜리로 해줘요.”

홍선경은 아주머니에게 붓과 먹을 가져오라고 해서 고쳐 썼다. 혜정이 또 말했다.

“왕 나리께서는 정말로 저에게 잘해주시지만 심소홍과는 전생에 무슨 악연이었기에 원수가 되었는지 모르겠어요. 제가 이렇게 창피를 당했는데, 심소홍이 어디가 좋아서….”

혜정은 말을 하다 말고 얼굴을 가리고 울었다. 홍선경은 한숨을 쉬며 말했다.

“네가 화날 만도 하지. 그런데 잘 생각해보면 그렇게 큰일도 아니야. 지금 손해를 봤지만 우리 친구들은 자네를 좋게 보고 있어. 계속 장사를 해나가면 잘될 거야. 그런데 심소홍은 스스로 자기 이름에 흠을 내고 말았잖아. 왕나리와 잘 지낸다고 해도 그 말고 누가 좋게 보겠어.”

“왕 나리께서는 말씀은 애매하게 하지만 속은 분명해요. 심소홍 자신도 생각해보라고 그래요. 어떻게 무슨 낯짝으로 나리를 봐요? 전 그래도 심소홍을 두고 뭐라고 말하지 않을래요. 왕 나리께서 심소홍과 계속 잘 지낸다면 심소홍의 능력이 대단한 거니까요!”

선경은 고개를 끄덕이며 말했다.

“바로 그거야.”

그리고 그는 일어나며 말했다.

"가야겠어. 자넨 몸조리 잘 해. 화내지 말게, 그러면 병 생겨."

혜정은 천천히 배웅하면서 웃으며 대답했다.

"저도 그렇게 생각해요. 심소홍 때문에 화낼 필요 있나요. 얼굴만 조금 두꺼우면 아무것도 아니잖아요. 행복하게 지내면 돼요."

"그러면 정말 좋지."

홍선경은 그렇게 말을 던지고 나갔다. 사마로로 나와서 보니 불빛이 점점 희미해지고 마차 소리도 조용해졌다. 한 시를 훌쩍 넘은 시각이라 짐작되어 주쌍주의 집에 가서 자는 것이 편하겠다고 생각하였다. 다시 방향을 바꾸어 북쪽 공양리로 갔다. 집집마다 유리등이 꺼져 있이 골목은 어두컴컴했다. 손으로 더듬어가며 문 앞까지 가니 문틈으로 희미한 불빛이 새어나오고 있었다.

선경은 문을 밀고 들어가서 곧장 주쌍주의 방으로 올라갔다. 쌍주는 창가에 기대에 앉아 골패를 만지작거리며 '참오관(斬五關)'[4]을 하고 있고 쌍옥은 탁자 옆에서 그것을 지켜보고 있었다. 선경이 교의로 가서 앉아도 쌍주는 전혀 기척도 하지 않다가 느닷없이 물었다.

"술자리가 끝난 지 한참 됐는데, 어디에 계셨어요?"

"장혜정 집에 잠깐 다녀왔어."

홍선경은 웃으며 왕연생과 장혜정의 상황을 이야기를 해주고 머리장신구를 싼 보자기를 탁자 위에 내려놓았다. 쌍주가 말했다.

"전 당신이 돌아간 줄만 알았어요. 아금도 한참을 기다리다가 방금 전에 나갔어요."

"다들 갔으니, 내가 시중들어 줄게."

"죽 드실래요?"

"아니."

쌍주는 끝내 오관을 넘질 못하여 아무렇게나 내버려두고 이쪽으로 걸어와 머리장신구 보자기를 풀어보았다. 그리고 진열장을 열어 선경 대신 선반 위에 올려두었다. 쌍옥은 쌍주가 앉았던 의자에 앉아 골패를 모아 오관을 했다. 갑자기 아래층에서 문을 여는 소리와 함께 어린아이의 목소리가 들려왔다.

"우리 엄마는요?"

응접실에서 남자 하인이 대답해주었다.

"돌아갔어."

쌍주는 그 소리를 듣고 급히 창가로 가서 불렀다.

"아대, 올라와 봐."

그 아이는 재빠르게 이 층으로 올라왔다.

선경이 알기로 이 아이는 아덕보의 아들로, 열세 살이었다. 아대는 눈을 굴리며 방 구석구석을 살펴보았다. 쌍주가 아대에게 말했다.

"네 엄마는 내가 손님을 만나고 오라고 교공관으로 보냈어.

곧 있으면 돌아올 거야. 잠깐 기다리고 있어."

아대는 대답을 하고 탁자 옆에 서서 쌍옥이 참오관하는 것을 보았다. 쌍옥은 비록 말은 하지 않았지만 순간 불쾌한 표정을 짓고 골패를 뒤섞어 상자에다 넣고 자기 방으로 건너가 버렸다. 선경이 말했다.

"쌍옥이 온 지 며칠 되었는데 몇 마디라도 해봤느냐?"

쌍주가 웃으며 말했다.

"그러니까요. 엄마도 몇 번 이야기해봤는데, 한 마디 물으면 한 마디 대답하고 아침부터 저녁까지 앉아만 있어요."

"총명하냐?"

"총명하죠. 내가 오관하는 것을 두어 번 보고 할 수 있잖아요. 앞으로 일은 잘할지 모르겠지만."

"내가 보기에 쌍옥은 말도 없고 조용하지만 오히려 재미있는 구석이 있어. 일은 쌍보보다 잘할 거야."

"쌍보 말은 꺼내지도 말아요! 자기는 능력도 없으면서 다른 사람 흠만 들추려고 해요. 당신과 이야기할 때는 아무 말 하지 않겠지만요."

선경과 쌍주가 한참 이야기를 하고 있을 때, 아대는 다리를 비틀거리며 살짝 밖으로 빠져나가 아래층으로 뛰어 내려갔다. 쌍주가 고개를 돌렸을 때는 이미 사라지고 난 뒤였다. 쌍주는 화가 나서 아대를 불렀다. 아대는 대답을 하고 다시 올라왔다. 쌍주는 정색을 하며 야단을 쳤다.

"뭐가 그렇게 급해. 엄마가 오면 같이 가!"

아대는 대답도 제대로 못하고 부끄러워하며 몸 둘 바를 몰라 했다. 다행히 그때 아금이 돌아왔다. 쌍주가 불렀다.

"네 아들이 한참 기다렸어, 어서 데리고 돌아가."

아금은 이 층으로 올라와서 쌍주의 귀에 대고 무슨 말을 하는지 소곤거렸다. 쌍주는 다만 손짓을 해가며 아금에게 말해주었다. 아금은 그때서야 선경에게 인사를 하고 아대를 데리고 갔다. 선경은 웃으며 말했다.

"너희들 도깨비장난을 꾸미는 것 같은데, 애들을 속여! 아덕보가 너희들 꿍꿍이에 넘어갈 것 같아?"

"아무리 그래도 속일 건 속여야죠. 안 그러면 집에 돌아가서 욕하고 난리 날 텐데!"

"교공관의 누구를 보러 갔다는 거야? 손님은 주공관에 있겠지. 아금은 아마 주공관에 갔을 거고."

쌍주는 '씨익' 웃으며 말했다.

"당신도 좋은 일 하는 셈 치고 아무 말 하지 말아요."

선경도 웃어 넘겼다. 즐거운 밤은 빨리 지나고 좋은 꿈은 전하기 어려운 법이니 일일이 설명하지 않겠다.

다음 날 십팔 일, 선경이 점심을 먹고 왕연생의 일을 처리하려고 일어나자 주쌍주는 진열장 선반에 올려둔 머리장신구 보자기를 건네주었다. 이에 선경은 쌍주와 인사를 하고 공양리를 나와 사마로를 건너는데 그 앞에서 탕소암을 우연히

만나게 되었다. 공수를 하며 인사를 하였다. 소암이 선경에게 물었다.

"어디 가시는가?"

선경은 대강 이야기를 해주고 나서 이번에는 소암에게 물었다.

"무슨 일 있는가?"

"자네와 다를 바 없네. 나는 나자부 대신 장월금 집 장부를 정리하러 가네."

선경이 웃으며 말했다.

"우리 두 사람은 중재 노릇을 하고 있는 것 같은데, 이게 정말 재미있어!"

소암은 한바탕 크게 웃었다. 그리고 그들은 갈림길에서 서로 헤어졌다.

선경은 혼자 경성은루로 갔다. 종업원은 선경을 안으로 모셨다. 먼저 그 장신구의 무게를 달았다. 또 필요한 물건들이 색색이 펼쳐졌다. 반지 중에서는 '쌍희쌍수(雙喜雙壽)'문양이 필요한데, 이것도 마침 만들어놓은 것이 있었다. 하나에는 여백에 '혜정장씨(蕙貞張氏)' 네 자를 새겨 넣게 하고 기약한 날에 가지러 오겠다고 했다. 반지 하나와 머리장신구들을 각각 종이 상자에 넣어 정갈하게 포장하였다. 선경은 그 상자들을 손수건으로 싸서 묶고 종업원의 견적을 기다렸다. 종업원은 새것으로 바꾸는 데 드는 수수료 외에도 약간의 비용을 영수

증에 기입하여 선경에게 보여주었다.

선경은 대충 훑어보고 왕연생의 그 거래서와 함께 넣어두었다. 그리고 바로 손수건으로 싼 보자기를 들고 경성은루에서 나왔다. 선경은 아직 시간이 일러 어디에 가서 잠시 앉았다가 전해주러 가도 늦지 않겠다고 생각했다. 어디로 가볼까 하고 생각하고 있을 때, 조박재가 뛰어 내려오고 있었다. 그는 땅만 쳐다보고 뛰고 있어 선경을 지나쳐도 알아채지 못했다. 그래서 선경이 큰 소리로 불렀다.

"박재야!"

박재는 외삼촌을 알아보고 황급히 앞으로 와서 인사를 했다. 그들은 나란히 하얀 담벼락 앞에 서서 이야기를 나누었다.

선경이 물었다.

"장소촌은?"

"소촌과 오송교 두 사람은 뭘 하는지, 매일 같이 다닙니다."

"너는 왜 육수보 집에서 연일 술자리를 가졌느냐?"

박재는 한참을 우물쭈물하다 대답했다.

"장여보 쪽 사람들에게 말하려니까 난처할 것 같아 아예 연달아 술자리를 만들어서 대접했습니다."

선경은 냉소를 지으며 말했다.

"술자리이기만 하면 괜찮지만 그들 꿍꿍이에 속은 것 아니냐?"

박재는 말문이 막혀 쩔쩔매다 얼버무리며 대답했다.

"그런 건 아니에요."

선경이 웃으며 말했다.

"왜 나한테까지 거짓말을 하려고 하느냐? 나도 더 이상 나무라지 않을 테니 어쨌든 생각이 있어야 해."

박재는 '예, 예' 연신 대답만 하고 다른 말을 할 수가 없었다. 선경이 물었다.

"지금 혼자 어디 가느냐?"

박재는 또 할 말을 찾지 못했다. 그러자 선경이 웃으며 말했다.

"차 마시러 가는 것이라면 말 못할 것도 뭐냐? 나와 같이 가자."

사실 선경은 박재가 육수보에게 홀리지 않았을까 걱정되어 상황이 어떻게 돌아가는지 살피러 가려는 것이었다. 박재는 하는 수 없이 선경을 따라 남쪽으로 갔다. 선경이 천천히 말을 꺼냈다.

"상해 조계지에 한 번 왔다가 놀다 보면 이 원을 쓰는 것은 아무것도 아니야. 게다가 너는 놀고 있을 때가 아니잖아. 네가 일이 있어서 돈을 번다면야 써도 괜찮지만 넌 지금 일도 없고 집에서 가져온 몇 푼을 기루에다 써버리는 건, 이건 아니다. 그렇게 돈을 다 써버리면, 게다가 일도 없는데, 집으로 돌아간다고 받을 수 있는 것도 아니잖아? 그러면 나도 네 어머니 뵐 낯이 없어!"

박재는 바싹 긴장해서 경청하며 한 마디도 하지 않았다. 선경은 계속 말을 이어갔다.

"내가 볼 때, 상해에서 일거리 찾는 것도 정말 어려워. 넌 여관에서 묵고 있으니 비용도 아낄 수 없을 테고 이렇게 하루하루 보내는 것도 결국에는 도리는 아니지 싶다. 네가 놀러 왔다면 이렇게 며칠 논 걸로 됐고 돌아가는 게 차라리 나아. 적당한 일거리가 있으면 편지를 써서 널 불러올릴게. 어떠냐?"

박재가 어디 감히 한 마디라도 꺼낼 수 있을까. '돌아가겠습니다.'라고만 대답했다. 조카와 외삼촌은 이야기를 나누는 동안 벌써 서기반가 취수당 앞에 도착했다. 선경은 이야기를 한쪽으로 미루어놓고, 박재와 대문을 들어서며 이 층으로 올라갔다.

---

1 답요낭(踏謠娘) : 답요낭은 수말(隨末)에 생겨났다. 하내에 추남인데다 술을 좋아하는 남자가 있는데, 취해 집으로 돌아가면 아내를 때렸다. 그의 아내는 미인에다 노래를 잘 불렀다. 그녀는 원망과 고통을 담은 노래를 부르곤 했다. 아내는 그렇게 고통을 호소할 때면 몸을 흔들었는데, 이에 연유해 답요낭이라고 한다.(『악부잡록(樂府雜錄)』)

2 황파객목(橫披客目) : 초대한 손님 이름을 가로로 써 내려간 종이로, 초대받는 사람은 이 명단에 자신의 출결을 표기한다.[일]

3 오(吳) 지역은 망종(芒種)이 시작되는 며칠을 황매철이라고 한다. 날씨가 습하고 자주 비가 내린다.

4 타오관(打五關)이라고도 한다. 혼자 하는 마작놀이의 하나. 32개의 골패를 엎어두고 섞는다. 5개씩 5열로 배열하고 나머지 7개의 골패는 가장 아래에 일렬로 배열한다. 위의 5열의 골패가 바로 '오관'이다. 먼저의

'오관'의 패를 순서대로 차례로 뒤집는데, 일정한 규칙에 따라 매번 3개의 골패를 가져와 7개의 골패 뒤에 놓는다. 가져올 명목이 없을 때에는 7개의 골패에서 하나를 추가한다. 5관을 통과할 때까지 한다.

13

성문을 열고[1] 육수보 머리를 얹고, 서로 짜고 한 마작에서 주소화가 이기다

挨城門陸秀寶開寶 擡轎子周少和碰和

홍선경과 조박재는 육수보의 방으로 들어갔다. 육수보는 이미 머리단장과 화장을 끝내고 옷을 갈아입고 있었다. 박재를 보자 물었다.

"아침 일찍 일어나서 뭐 했어요?

박재는 눈짓으로 그녀의 말을 막으려고 했지만, 수보는 오히려 한 마디 더 쏘아붙였다.

"살금살금 못된 짓만 하고 있어! 모두 당신보다는 똑똑할 거예요!"

수보의 말에 박재는 무안해졌다. 수보는 선경을 돌아보며 멋쩍게 두어 마디 인사말을 하고 선경이 보자기를 탁자에 내려놓는 것을 보았다. 그리고 얼른 그것을 낚아채어 풀어헤쳐서 맨 위에 있는 작은 종이상자를 꺼냈다. 하필이면 그 '쌍희쌍수' 반지였다. 수보는 그것을 손가락에 끼고 박재에게 한달음에 뛰어갔다.

"없다고 하더니, 이 '쌍희쌍수' 반지는 뭐예요?"

수보는 다급하게 물으며 손에 낀 반지를 박재 코에 갖다 댔다. 박재는 웃으며 변명을 늘어놓았다.

"그건 경성(景星) 것이고, 네가 원한 건 용서(龍瑞) 거였잖아. 근데 용서은루에서 없다고 했어."

"왜 없겠어요? 장 씨 물건은 용서에서 가져온 거 아닌가요? 처음 술 마신 그날, 반지가 열 몇 개나 된다고 말해놓고서 하루 사이에 없다고 해요. 누구를 속여요?"

"그렇게 원하면 장씨에게 사달라고 해."

"돈 가져와요."

"돈이 있으면 어제 가져왔지. 왜 장씨에게 사달라고 하겠어?"

수보는 정색을 하고 말했다.

"농담하세요!"

한쪽 엉덩이를 박재 허벅지 위에 걸치고 그를 마구 흔들며 물었다.

"그래도 농담할 거예요?"

박재는 부드러운 목소리로 용서해달라고 했다. 그러자 수보가 말했다.

"가지고 오면 용서해줄게요."

박재는 웃기만 하고 가져오겠다는 말도, 가지고 오지 않겠다는 말도 하지 않았다. 수보는 머리를 돌리며 박재의 목을 감고 입을 뾰로통하게 내밀고 중얼거렸다.

"가져와요!"

수보가 여러 번 다그쳐도 박재는 끝내 입을 열지 않았다. 그러자 수보는 점점 화가 나서 소리를 질렀다.

"안 가져오겠다는 거예요!"

박재도 속이 탔다. 그러나 수보는 전혀 아랑곳하지 않고 엿가락처럼 몸을 비비 꼬며 그 자리에서 박재를 짜서 은가루를 뽑고 싶어 했다.

박재가 어쩌지 못해서 쩔쩔매고 있을 때 갑자기 여자 하인이 바깥에서 큰 소리로 말했다.

"아가씨, 시(施) 도련님이 오셨습니다."

수보는 깜짝 놀라며 박재와 선경을 방 안에 내버려두고 휑하니 방을 나갔다. 이제 시중드는 사람 한 명도 없었다. 선경은 박재에게 물었다.

"수보가 반지를 원한다고 사다 준 거냐?"

"장여보가 괜한 말을 해서 그렇게 된 거예요. 처음에 육수림 자매가 반지를 요구했어도 전 아무 대답도 하지 않았는데 여보가 그녀들을 속이려고 '반지는 지금 만들어놓은 것이 없으

挨城门
陸秀寶
開寶
第十三回
二十九

니, 며칠 뒤에 사다 줄게.'라고 말하는 바람에 지금 반지 해달라고 그러는 겁니다."

"그것도 네 잘못이야. 여보를 탓하지 마. 여보는 수림의 단골손님이니 돕는 게 당연하지. 넌 여보가 그녀들을 속였다고 믿는데, 바로 너를 속였던 거야. 다음부터 다시는 여보의 꿍꿍이에 놀아나지 마라. 알았느냐?"

박재는 '예, 예'라고만 대답하고 한마디도 하지 못했다. 마침 양가모가 들어와 찻잔을 들고 나갔다. 선경이 그녀를 불러 세웠다.

"가야 하니까, 수보에게 반지 가져오라고 해."

양가모는 무슨 말인지 모르지만 대충 대답을 하고 내려가 수보를 불렀다. 수보는 방으로 돌아와 선경의 표정이 좋지 않은 것을 보고 황급히 말했다.

"제가 넣어드릴게요."

"됐다."

선경은 반지를 받아 들었다. 수보는 끽 소리 못하고 박재를 잡아당기며 소곤거렸다. 선경은 보자기를 다 싸고 나서 말했다.

"난 간다."

그러고는 몸을 돌리고 휑하니 나갔다. 박재도 황급히 그를 따라 나갔다. 수보는 더 이상 붙잡지 못하고 박재에게 약속만 잡았다.

"저녁에 와야 해요."

그녀는 그렇게 당부하며 계단까지 배웅하고 작별인사를 했다.

선경은 거리로 나오자 느닷없이 박재에게 물었다.

"반지 사줄 셈이냐?"

"며칠 뒤에 다시 상황을 봐야죠."

선경은 냉소를 지었다.

"그 말은 반지를 사주겠다는 거구나. 네 뜻은 수보에게 돈을 다 털려도 아깝지 않다는 것인데, 돈을 좀 써서라도 그녀와 잘해보고 싶은 게냐? 솔직히 말하면 수보와 잘되긴 글렀다. 그러니 일찌감치 마음 접어. 네가 반지를 가져다줘도 수보는 널 멍청한 놈이라고만 생각할 텐데, 어떻게 친해지겠어!"

박재는 걸어가는 내내 그 말을 곱씹어보았다. 보선가 어귀에서 헤어지려고 하는데, 선경은 다시 박재를 세우며 말했다.

"상해에서는 사람과도 각별히 조심해야 한다. 장여보는 원래부터 친구라고 할 것도 없지만 장소촌과 오송교도 같은 고향 사람이니 의지할 수 있을 것 같아도 상해에 오면 그것도 안 통해. 먼저 네 생각이 있어야 해. 그들이 무슨 말을 하든지 듣지 않는 게 좋을 게다."

박재는 여전히 한 마디 말도 하지 못했다. 선경은 또 몇 마디 말을 덧붙이고 장혜정의 집으로 가서 머리장신구를 전해주었다.

조박재는 선경과 헤어지고 나서 어디로 가야 할지 막막했다. 선경이 이렇게까지 충고를 하는데 돈을 빌려달라는 말은 뻥긋조차 할 수 없는 노릇이니, 상해에서 놀려면 버틸 방법을 짜내야 했다. 이렇게 무료할 때는 오송교를 찾아가 이야기하다 보면 혹시 어떤 기회라도 생길지도 모를 일이라고 생각했다. 그래서 인력거를 불러 타고 황포강변으로 갔다. 멀리 흰 벽에 큼직하게 적힌 '의대양행(義大洋行)'이라는 글자를 보고 인력거꾼에게 그 담 아래에 멈추라고 하고 값을 지불했다. 양행의 문머리에는 한창 물건들을 쌓아두느라 짐꾼들이 줄지어 드나들었다. 면마고자를 입고 안경을 끼고 있는 사람은 회계선생 같은데, 문 옆에 서서 황포강을 멍하니 바라보고 있었다. 옆에는 짐꾼 하나가 짐을 짊어진 채 그와 이야기를 하고 있었다. 박재는 그에게 다가가 공수를 하고 물었다.

"오송교 있습니까?"

회계선생은 대답은 하지 않고 피식 웃기만 하고 얼굴을 빳빳하게 들고 그를 거들떠보지도 않았다. 박재는 멋쩍어서 그 자리를 뜨려고 하였다. 그런데 그 짐꾼이 손으로 가리키며 말했다.

"사람을 찾으려면 장방에 가서 물어보시우. 그곳에 사람들이 다 모여 있으니까."

그가 가리킨 쪽으로 가서 보니 정말로 나지막한 담장의 문 입구에 검정 바탕에 금색 글자가 적힌 작은 간판이 걸려 있었다. 문을 열고 들어가니 아주 높다란 사각형의 서양 건물이 바로 눈에 들어왔다. 박재는 이런 곳에 불쑥 들어가기가 마뜩잖아 배회하며 엿보기만 하고 소리 내어 부르지도 못했다. 마침 짐꾼 몇 명이 짐을 끌며 안으로 들어가는 것을 보았다. 그들은 옆에 나 있는 쪽문으로 들어갔다. 박재는 그들을 따라 문 앞까지 갔다. 그 문에도 작은 간판이 걸려 있는데, '의대양행장방'이라는 여섯 자가 쓰여 있었다. 그 아래에는 문 쪽을 가리키는 손가락 그림이 있었다.

박재는 대담하게 문을 넘어 장방으로 들어갔다. 두 줄로 배열된 계산대가 보이고, 대략 삼십여 명이 아주 바삐 움직이고 있어 끼어들 틈도 없었다. 박재는 젊은 학생을 불러 그가 온 이유를 말해주었다. 그 학생은 박재를 위아래로 훑어보고 나서 대충 벽 사이 밧줄을 두 번 잡아당겼다. 심부름꾼이 바로 대답을 하며 왔다. 학생이 말했다.

"가서 오 씨 불러와, 사람이 찾아왔어."

심부름꾼이 간 후 박재는 구석에 콕 박혀 한참을 기다렸다. 슬슬 지쳐가려는 그때 오송교가 나타났다. 오송교는 염색하지 않은 서양 모직으로 만든 짧은 상의와 끈으로 질끈 묶은 바지를 입고 아주 민첩하고도 재빠르게 장방으로 들어왔다. 그는 박재를 보자 잠시 멍한 표정을 짓더니 이내 말을 꺼냈다.

"이 층으로 올라가서 잠시 앉아 있어."

그러고는 박재를 데리고 장방을 지나 모퉁이를 두 번 돌아

계단을 올라갔다. 송교는 발걸음을 늦추고 이 층으로 올라가 중간 쪽문을 밀었다. 뚝 잘라놓은 방 같은 아주 좁은 외국 건물이 보였다. 바닥에는 어수선하게 동, 철, 유리 등의 기구들이 쌓여 있고 창가에 반쪽짜리 탁자와 가죽 걸상이 있었다. 박재가 물었다.

"소촌은 안 만났어?"

송교는 급히 손을 내저으며 말을 못하게 했다. 그리고 나직하게 속삭이며 당부를 했다.

"잠시 앉아 있어. 일이 다 끝나고 나면 같이 북쪽 조계지로 가."

박재가 고개를 끄덕이며 앉자 송교는 문을 닫고 총총히 나갔다. 문 밖에서 외국인들이 뚜벅뚜벅 걸어 다니는 발소리가 났다. 박재는 발자국 소리에 주눅이 들어 중문 안에서 웅크리고 앉아 땀을 훔쳤다. 잠시 후, 송교가 문을 열고 들어왔다. 손에 들고 있던 빈병 두 개를 땅에 내려놓고 박재에게 당부했다.

"조금 더 기다려, 곧 끝나가."

그리고 이내 문을 닫고 휑하니 나갔다.

꼬박 한 시간이 지나서야 송교가 들어왔다. 벌써 면포 마고자를 갈아입고 왔는데 한창 유행하는 옷이었다. 가선을 두른 신발과 작은 모자도 모두 최신식이었다.

"미안하네."

송교는 박재를 앞세워 문을 잠그고 함께 내려왔다. 아까 왔던 대로 장방을 지나 쪽문을 통해 황포강변으로 나왔다. 송교가 말했다.

"내가 조귀리에서 소촌과 만나기로 약속했으니까 인력거 타고 가자."

송교는 인력거 두 대를 불렀다. 인력거꾼들은 손님 비위를 맞추려고 쏜살같이 달려서 금방 석로 조귀리 입구에 도착했다. 송교는 인력거 비용을 두 대 모두 계산해서 나눠주었다. 박재를 데리고 골목으로 들어가 손소란의 집으로 갔다. 아주머니 김저(金姐)가 이 층 계단에서 그들을 맞이하며 정자간으로 안내하고 오송교에게 말했다.

"주 씨와 장 씨가 왔다 갔어요. 화중회에 간다고 했어요."

송교는 필묵을 가져오게 해서 조박재에게 상인리 양원원(楊媛媛)의 집에 있을 이학정(李鶴汀)을 부르는 초대장을 쓰게 했다. 박재는 격식에 따라 단정하게 써 내려갔다. 막 두 장째 쓰고 있는데, 갑자기 아래층 바깥 하인의 소리가 들려왔다.

"오 도련님 친구분이 오셨습니다."

오송교는 놀라 두리번거리며 일어나 말했다.

"그만해. 왔어."

조박재가 붓을 내려놓자, 큰 키에 넓적한 얼굴, 큼지막한 귀 그리고 수염을 기른 사람이 방으로 들어왔다. 그 뒤를 따라 들어오는 사람은 다름 아닌 장소촌이었다. 공수를 하고 이름을 물어보니 주소화(周少和)라고 하고, 철공소 반장이라고 하였다. 조박재가 '반갑습니다.' 하고 인사를 하자 모두 자리에 앉았다. 오송교는 초대장을 김저에게 주며 말했다.

"빨리 초대해."

손소란은 방에서 시끌벅적한 소리를 듣고 손님들이 온 것을 안 이상 접대를 하러 건너오지 않을 수 없었다. 그녀는 박재를 보자 물었다.

"어제 밤 요이 집에서 술 마셨다는 그 사람이에요?"

오송교가 말했다.

"두 번이나 술자리를 가졌지. 처음 술자리에는 너도 왔었잖아."

손소란은 고개를 끄덕이고 잠시 앉아 있다가 저쪽 가운데 방의 손님을 접대하러 다시 돌아갔다. 이 방에서 이런저런 이야기를 하고 있는 사이 등을 올릴 시간이 되었다. 그때 이학정의 집사인 광이(匡二)가 먼저 와서 아뢰었다.

"큰 도련님께서는 넷째 나리와 함께 서양 음식점에서 식사를 하고 계십니다. 다른 사람과 하고 있으라고 하셨습니다."

오송교가 조박재에게 물었다.

"마작할 줄 알아?"

"아니."

주소화가 말했다.

"조금 있다가 해도 괜찮아."

김저가 물었다.

"그럼, 먼저 저녁 드시겠어요?"

장소촌이 말했다.

"이학정도 저녁을 먹고 있다고 하니 우리도 밥이나 먹지."

오송교는 곧바로 저녁을 시켰다.

잠시 후 김저는 손님들을 중간 방으로 모셨다. 이미 탁자 위에는 요리들이 차려져 있었다. 네 사람은 상석인 이학정의 자리를 비워두고 자리에 앉았다. 손소란은 외출 의상으로 갈아입고 와서 술을 따랐다. 오송교는 얼른 막으며 말했다.

"안 해도 돼. 옷 더럽히겠어."

소란도 순순히 잔을 내려놓고 대충 말했다.

"그러면 여러분 천천히 드시고 계세요. 죄송해요. 저는 이만 나가봐야 해요."

그녀가 나가자 오송교는 술잔을 들고 술을 권했다. 그러자 주소화가 말했다.

"술을 마시면 마작하기 힘들어. 밥이나 먹어."

송교는 조박재에게 술을 권하며 말했다.

"자네는 마작을 못하니까 많이 마셔도 돼."

"난 두 잔이나 마셨어. 그렇게 예의 차릴 것까진 없어."

장소촌이 말했다.

"한 잔 더 해."

이에 두 사람은 술을 비웠다. 조박재가 주홍이 오를 즈음 이학정이 도착했다. 모두들 일어나 그를 상석에 앉혔다. 이학정이 말했다.

"나는 먹고 왔네. 자네 네 사람은 마작하고 있었어?"

오송교는 조박재를 가리키며 말했다.

"저쪽이 마작을 못해서 기다리고 있었습니다."

주소화는 계속 식사를 끝내라고 재촉했다. 모두 급히 식사를 마치고 얼굴을 닦고 정자간으로 갔다. 창가에 놓였던 붉은 나무 탁자는 벌써 한가운데로 옮겨져 있었다. 네 개의 기름 심지가 하얀 눈처럼 환하고 탁자 위에는 상아를 상감한 흑단 골패와 산가지 네 다발이 가지런히 놓여 있었다. 오송교는 이학정을 상석에 앉히고 주소화와 장소촌은 제비를 뽑아 자리를 정하고 앉았다. 김저는 찻잔과 고급 사탕을 좌우 찻상에 올려놓았다. 이학정이 국표를 가져오라고 하니, 주소화가 대신 썼다. 이학정이 부르는 기녀는 상인리의 양원원이었다. 소화가 물었다.

"또 누구 부를 건가?"

장소촌이 말했다.

"난 안 불러."

오송교가 말했다.

"박재만 부르면 되겠네."

조박재가 말했다.

"나는 마작도 안 하는데 뭐 하러 불러?"

장소촌이 말했다.

"안 그러면 나와 한 패로 하든지?"

이학정이 말했다.

"같이 하는 것도 좋지."

장소촌이 말했다.

"서기반가 취수당 육수보 불러."

주소화는 함께 써서 김저에게 건네주었다. 오송교가 말했다.

"박재한테 많이 시키지 마. 많이 잃으면 난처해질 거야."

장소촌이 말했다.

"두 번만 할 거야"

조박재가 말했다.

"그렇게 하면 얼마면 돼?"

주소화가 말했다.

"얼마 안 돼. 많이 잃어도 기껏해야 십 원이야."

박재는 다시 묻기 곤란해서 장소촌 뒤에 앉아 그가 돌리는 패를 보았다. 그러나 도통 어떻게 돌아가는지 알지 못해 혼자 아편침대로 가서 누워 아편을 피웠다.

잠시 후 양원원이 먼저 도착했다. 육수보는 그 뒤를 따라 도착했다. 수보가 조박재에게 물었다.

"어디에 앉죠?"

오송교가 말했다.

"탑상에 잠깐 앉아 있어. 박재가 자네와 '대대화(對對和)'[2]를 하고 싶어 할 테니까."

육수보는 즉시 탑상 앞에 놓인 등받이 없는 네모난 의자에 앉았다. 양가모는 보자기에서 물담뱃대를 꺼내 채웠다. 조박재는 책상다리를 하고 앉아 받아 피웠다. 육수보가 물었다.

"마작은 안 해요?"

"돈이 없어서 안 해."

육수보는 눈을 흘기며 냉소를 지었다.

"거짓말! 누가 당신 말을 곧이곧대로 믿어요!"

박재는 키득키득 웃으며 말했다.

"안 믿으면 그만이지!"

수보는 정색을 하며 말했다.

"당신, 반지 줄 거죠?"

"너도 봐, 내가 시간이 어디 있어?"

"마작도 안 하는데, 종일 여기서 뭐해요?"

"나야, 내 일이 있지. 네가 어떻게 알아!"

수보는 또 입을 쫑긋거리며 중얼거렸다.

"난 안 돼요. 어쨌든 가져와요!"

박재는 히죽 웃기만 했다. 그러자 수보는 박재 얼굴에 대고 삿대질을 하며 말했다.

"당신 나중에 안 가져오면 은잠으로 당신 입을 찢어버릴 거예요. 잘도 먹을 수 있을지 두고 볼 거예요!"

박재는 웃으며 말했다.

"진정해. 나중에 내가 안 가도 사람이 무서워서 그렇다고는 말하지 마."

수보는 듣자마자 열을 올리며 물었다.

"누가 당신더러 오지 말라고 했어요? 말해봐요."

수보는 묻다 말고 이를 악물며 박재 허벅지를 있는 힘껏 꼬집었다. 박재는 참지 못하고 '아야' 소리를 질렀다. 마작하는 사람들은 그 소리를 듣고 모두 껄껄 웃었다. 그러자 수보는 얼른 손을 놓았다. 주소화는 김저를 부르며 말했다.

"자네들 탁자 아래에 수탉 한 마리를 기르고 있었군! 내일도 한 번 빌려봐야겠는걸!"

모두들 이 말을 듣고 다시 한바탕 웃었다. 양원원도 웃음을 참지 못했다. 육수보는 너무 얄미웠지만 작은 소리로 욕 한 마디를 뱉었다.

"뒈질!"

조박재는 고개를 돌리며 흘겨보았다. 그러나 수보는 두 눈에 눈물을 그렁거리며 멍한 표정으로 앉아 더 이상 아무 말 하지 않고 있었다. 박재는 그녀를 위로하고 싶었지만 달리 할 말이 없었다. 바깥에서 누군가가 주렴 사이로 손짓을 하며 양가모를 불렀다. 양가모는 얼른 나가서 무슨 일인지 알아보고 다시 돌아와 박재에게 물담배를 채워주었다. 그러나 박재는 피우지 않겠다고 손을 저었다. 양가모가 말했다.

"저희들은 다른 곳으로 가봐야 해서 먼저 나갈게요."

수보는 양가모와 한참을 소곤거렸다. 양가모는 다시 박재를 돌아보며 물었다.

"조 도련님은 수보가 반지만 원한다고 생각하시죠. 그런데 기생어미가 수보 아가씨를 혼낼 거라는 것도 알고 있나요?"

수보가 끼어들었다.

"당신도 생각해봐요. 어제 분명히 당신이 가져오겠다고 우리 엄마에게 말했잖아요. 나도 우리 엄마에게 그렇게 말했는데 안 가져오겠다는 거예요? 안 가져와도 괜찮지만, 나중에 우리 엄마 앞에서 분명히 말하세요. 알겠어요?"

박재는 다른 사람이 비웃을까 봐 그녀를 다그치며 말했다.

"어서 나가. 나중에 다시 말해."

수보도 더 이상 말하지 않고 양가모의 어깨를 잡고 나갔다.

학정이 말했다.

"요이 기녀들은 특유의 행동들이 있어. 습관이 돼서 자신들이 하고도 몰라서 그렇지."

양원원이 성난 말투로 말했다.

"당신이 무슨 상관이에요? 차라리 가서 말하지 그래요!"

학정은 그 말에 미소를 지었다. 조박재는 부끄러우면서도 짜증이 났다. 그는 장소촌의 산가지를 보러 갔다. 뜻밖에 조금 이기고 있어 기분이 좋아졌다. 마침 패를 네 번을 돌려서 자리를 바꿔 앉고 다시 네 번을 돌렸다. 이학정이 아편을 피우려고 양원원에게 대신 패를 돌리라고 했다. 양원원이 그 자리에 앉아 패를 잡고 한 번 돌리고 나서 이학정을 불렀다.

槓轎子周少和碰和

"못 하겠어요, 당신이 와서 해요."

학정이 말했다.

"계속하고 있어."

양원원이 말했다.

"정말 좋은 패인데 붙지를 않아요."

조박재가 옆에서 흘깃 쳐다보니 이학정의 산가지가 얼마 남아 있지 않았다. 양원원은 한번에 다 잃어 더는 하려고 하지 않았다. 이학정은 마지못해 자리에 앉아 이긴 주소화에게 산가지 반을 빌렸다. 양원원은 곧바로 작별인사를 하고 떠나갔다.

잠시 후 마작이 끝났다. 이학정만 지고 말았다. 백 원은 족히 잃었다. 장소촌은 딴 돈에서 조박재에게 육 원을 주었다. 주소화는 내일도 마작을 하자고 약속을 하며 조박재에게 물었다.

"같이 할 거죠?"

장소촌이 말렸다.

"할 줄도 모르는데 약속하지 마."

주소화는 더 이상 말하지 않았다. 오송교는 이학정에게 아편을 권했다. 학정이 말했다.

"됐어. 난 이만 가봐야 해."

김저가 다급하게 말했다.

"선생이 돌아올 때까지 기다리셔야죠."

"자네 선생은 너무 바쁘잖아."

"오늘 여섯 곳을 돌았어요. 도련님, 정말 대접이 소홀했어요."

오송교가 웃으며 말했다.

"무슨 그런 예의를 차려."

모두 자리를 정리하고 함께 조귀리를 나서며 각자의 길로 갔다. 조박재와 장소촌은 함께 보선가 열래 객잔으로 돌아갔다.

---

1 挨城門 : 성문을 들어가다. 성문은 밤에 닫힌다. 일반인들은 성문이 열리기를 기다렸다가 들어가지만, 특권을 가진 사람들은 수시로 드나들 수 있었다.[장]

2 마작보다 아주 간단한 놀이다. 직사각형의 긴 종이 80장으로 되어 있는데, 1~10까지의 숫자와 글자 스무 개를 적는다. 각 글자는 모두 네 장으로 나누어진다. 같은 글자와 나란히 있는 글자를 조합하는데, 먹히거나 부딪혀가면서 패를 모두 조합하는 것을 화패(和牌)라고 한다. 방법은 아주 간단한데, 같은 글자 두 개씩 일곱 개를 모으게 되면 이기게 된다.

14

혼자 계집질하다 보기 좋게 망신을 당하고, 합세하여 도박하려고 몰래 한패가 되다

單拆單單嫖明受侮 合上合合賭暗通謀

장소촌과 조박재는 보선가 열래 객잔 앞에 당도했다. 박재가 말했다.

"내 잠깐 어디 좀 다녀올 테니 잠시 기다리고 있어."

소촌은 웃으며 고개를 끄덕이고 혼자 객잔으로 들어갔다. 객잔 사환은 방문을 열어주고 불을 켜고 차를 따라주었다. 소촌은 아편 소반이 놓인 쪽으로 가서 아편을 피웠다. 그런데 두 모금도 피기 전에 조박재가 돌아왔다. 소촌이 이상해서 어떻게 된 일인지 물었다. 박재가 탄식하며 말했다.

"말도 마!"

육수보가 반지를 사달라고 한 모든 상황을 소촌에게 자세하게 말해주고 나서 덧붙였다.

"내가 방금 기반가에서 바라보니까 그녀의 방은 술자리가 한창이었어. 화권 놀이에, 노래 소리에 아주 시끌벅적하더라고. 아마 시 씨라는 손님이 온 모양이야."

소촌이 웃으며 말했다.

"내가 볼 땐 또 다른 이유가 있어. 생각해봐. 오늘 손님이 있다는 말인데 손님이 기다리고 있었을까? 그런 우연은 없어. 자네가 그들 수작에 속아 넘어갔듯이, 시 씨라는 그 자도 어쨌든 속아 넘어간 거야. 네 생각도 그렇지?"

박재는 그제야 납득이 갔다. 처음부터 돌이켜 생각하면 할수록 맞는 말이다 싶어 후회막급이었다. 소촌이 말했다.

"그렇다고 해서 그들에게 가서 따지지는 마. 다음부터 안 가면 그만이야. 나도 마침 자네에게 하려는 말이 있는데 말이야, 일자리가 생겼어. 바로 십육포(十六鋪)[1] 남쪽 대생(大生) 미곡상. 그래서 내일 바로 짐을 옮겨야 해. 내가 가고 나면 자네 혼자 객잔에서 머물게 될 텐데, 이건 어쨌든 좋은 방법이 아니야. 고향으로 돌아가는 게 상책이야. 친구에게 부탁해서 일자리가 생기면 그때 말할게. 안 그러면 자네 외삼촌 가게로 들어가. 방값은 아낄 수 있잖아?"

박재는 한참을 생각해보더니 또다시 한숨을 쉬며 말했다.

"자네는 일자리가 생겼는데, 나는 돈이 다 떨어졌는데도 뭘 하나 작은 거라도 해놓은 게 없어."

"자네가 상해에서 일자리를 구하겠다고는 하지만 어려울 거야. 일 년 반을 기다려도 일자리를 찾을 수 없을지도 몰라. 우선 자네 생각이 분명해야 해. 며칠 만에 돈을 다 써버리면 살아갈 수 없잖아. 자네 외삼촌에게 말해봐, 무슨 수가 있지 않겠어?"

박재는 이 말도 틀리지 않다 싶었다. 그래서 물었다.

"자네들 마작하면 한번에 따고 잃는 게 얼마나 돼?"

"만약 패가 좋지 않아 잃게 되면, 이삼백은 아무것도 아니야!"

"자네가 지면 그들에게 돈을 줘?"

"졌는데 어떻게 안 줄 수 있겠어!"

"그런 돈이 어디에서 나와?"

"모르는 모양인데, 상해 이곳에서는 이름만 있어도 돼. 자네도 술자리에서 몇 사람 봤잖아. 돈이 많은 것처럼 보이지만, 사실 나와 별반 다를 바 없어. 차이라면 이름이 나보다 좀 알려져 있다는 거지. 만약 이름이 없으면 무슨 일을 할 수 있겠나? 자네 집에 아무리 재산이 많아도 소용없어. 오송교를 봐, 아무것도 없잖아? 그래도 이름이 조금 알려져 있으니까, 이삼천 정도 수중에 들어오고 나가는 일은 아무것도 아니야. 나는 송교와 비교도 안 돼. 돈이 필요해서 전장에 가면 사오백 정도 가져오는 게 다야. 자네가 어떻게 알겠어!"

"전장에 가서 돈을 가져오면 갚아줘야 하잖아."

"그것도 계산이 서 있어야지. 일하면서 조금씩 빌리기도 하고, 이문이 남는 건수가 있어서 갚다 보면 다 갚게 되는 거지."

박재는 그의 말을 듣고 일리가 있다는 생각에 계속 몰두하여 아무 말 하지 못했다. 그리고 잠시 후 각자 잠을 잤다.

다음 날 십구 일, 박재가 잠에서 깨어나 보니 소촌이 짐을 꾸리며 객잔 사환에게 작은 수레를 불러달라고 했다. 박재는 급히 일어나 대문 밖까지 배웅하며 또다시 부탁했다.

"만약 일자리가 있으면 대신 말 좀 잘해줘."

소촌은 두말없이 흔쾌히 그러겠다고 대답했다.

박재는 소촌이 외발 수레를 끌고 멀리 사라지는 것을 보고 객잔 방으로 돌아왔다. 점심을 먹고 답답한 마음을 풀려고 산책이나 할까 생각하고 있는데, 취수당의 남자 하인이 육수보의 명함을 가지고 왔다. 박재는 울컥 화가 치밀어 어제저녁 육수보를 부른 비용을 그에게 주었다. 그러나 남자 하인은 받으려 하지 않았다. 박재는 아무렇게나 돈을 던지고 밖으로 나갔다. 남자 하인은 하는 수 없이 돈을 집어 들고 박재를 쫓아가 해명을 하며 그를 달랬다. 그러나 박재는 못 들은 척하며 혼자 사마로의 화우루 꼭대기로 올라가 차를 마셨다. 서너 번 차를 우려 마시고 나니 맛이 밍밍해졌다. 속으로 육수보도 이와 같이 무정하니, 이전에 왕아이와 그럭저럭 지냈던 것이 낫다는 생각이 들었다. 그래서 화우루에서 내려와 남쪽 타구교를 건너 프랑스 조계지인 신가 끄트머리까지 걸어갔다. 왕아이의 집을 찾아 곧장 이 층으로 올라갔다. 그러나 방에는 아무도 없었다.

박재는 머뭇거리다 다시 내려가려고 몸을 돌리는데, 왕아이가 살금살금 뒤를 따라 문 입구까지 왔다. 기쁜 나머지 박재는 일부러 허리를 숙여 쳐다보고 말했다.

"야! 날 놀래키려고?"

왕아이는 그 자리에 멈추어 서서 박장대소를 하며 말했다.

"내가 옆집 곽효파 집에 있는데 당신이 고개 숙이고 걷고 있는 게 보이지 않겠어요? 나한테 오는 걸 알고 당신 뒤를 따라왔죠. 당신이 방에서 두리번거리는 모습이 우스꽝스러워서 하마터면 웃음이 터져 나올 뻔했어요!"

박재도 웃으며 말했다.

"내 등 뒤에 있을 거라고는 생각도 못해서 깜짝 놀랐어."

"당신 못 보는 거 아니에요? 눈알이 너무 커서 말이죠!"[2]

이때 늙은 아주머니가 담배와 차를 가지고 올라와 박재를 보고 웃었다.

"조 선생, 축하해요."

박재는 깜짝 놀라서 말했다.

"내가 무슨 축하받을 일이 있어?"

왕아이가 끼어들었다.

"우리를 속일 작정이세요? 우리가 알고 있다는 건 생각도 못했겠죠."

"뭘 알고 있다는 거야?"

왕아이는 대답은 하지 않고 그 늙은 아주머니에게 얼굴을 돌리며 말했다.

"들었지. 열 받잖아! 마치 우리가 질투라도 하는 것처럼 말이야. 나를 속이고 있어."

늙은 아주머니는 깔깔 웃으며 말했다.

"조 선생, 말해요. 이곳은 기루와 비교할 순 없어요. 당신이 기녀 열 명 머리를 얹어줘도 우리와는 아무런 상관이 없어요. 우리 아가씨가 아무렴 그들에게 질투할까 봐 그래요? 우리도 식초 많다구요. 웬만하면 남의 건 마시지 않지요!"[3]

박재는 그 말을 듣고 나서야 무슨 말을 하는지 알고 웃으며 말했다.

"육수보를 말하고 있구나! 나는 또 나한테 무슨 일자리가 생겼다고 축하하는 줄 알았네."

"당신이 일이 있는지 없는지 우리가 어떻게 알아요?"

"그러면 육수보 머리 얹는 이야기는 어떻게 알았어? 장 선생이 말했겠구나."

늙은 아주머니가 말했다.

"장 선생은 당신과 함께 온 다음으로 아직 한 번도 안 왔어요."

왕아이가 말했다.

"그래요. 안 왔어요. 우리가 고용한 소식통이 알려주는데,

모르는 게 없지요."

박재가 말했다.

"그러면 어제저녁에 육수보 집에 누가 있었는지 알아?"

왕아이는 입을 삐죽거리며 말했다.

"무슨! 개 한 마리가 있었겠죠!"

박재가 한 마디 쏘아붙였다.

"내가 거기에 있었다면 너에게 묻지도 않아!"

왕아이는 냉소를 지으며 말했다.

"거짓말 말아요. 머리 얹어준 손님은 하룻밤을 묵는 법인데 누구를 속여요!"

박재는 한숨을 쉬고 역시 냉소를 지으며 말했다.

"너희 소식통은 귀머거리야? 이발사에게 귀 청소를 하고 제대로 소식통 노릇 하라고 해."

왕아이가 그 말을 듣고 진심인 것을 알고 다급하게 물었다.

"어제저녁 육수보에게 있었던 게 아니었어요?"

박재는 육수보가 자기에게 먼저 어떻게 제안했고 어떻게 속이고 변심하고 또 돌아섰는지 대강의 정황을 이야기해주었다.

늙은 아주머니가 끼어들며 말했다.

"조 선생도 생각이 있긴 하군요. 결국 알아챘으니까. 아시잖아요, 기녀 머리 얹는 것은 모두 그들 기루에서나 오가는 말이지, 어디 사실이겠어요! 세네 번이 대여섯 번이 되어도 거기서 거기니까. 괜히 돈 다 털어 넣고 게다가 그들에게 속기까지 하면 어디 수지가 맞기나 하나요?"

왕아이가 말했다.

"진작에 당신이 그들에게 속을 걸 알았더라면 내가 어린 기녀라고 하긴 좀 그렇지만, 그래도 육수보보다는 좀 더 닮았을걸요."

박재는 키득키득 웃으며 말했다.

"네 앞문은 전혀 아니야. 자네에게는 뒤쪽으로 들어가는 게 좀 쉬울 것 같은데 안 그래?"

왕아이도 웃음을 참지 못하며 말했다.

"이 사람, 뺨 맞아야겠네!"

늙은 아주머니도 그 말을 이었다.

"조 선생이 잘못했어요. 장 선생 말을 들었다면 여기로 와야죠. 다른 곳에 안 갔으면 속지도 않았죠. 우리처럼 안 속이는 사람도 없을걸요?"

"다른 곳에는 나도 안 가. 육수보한테도 안 가고 여기만 올 거야. 요 며칠 동안 생각했지만, 장 선생 때문에 말이야. 만나기라도 하면 불편할 것 같았지. 지금은 장 선생이 이사를 갔으니 괜찮아."

왕아이가 다급하게 물었다.

"장 선생이 일을 구했다는 건가요?"

박재는 또 장소촌이 현재 십육포의 남쪽 대생미곡상에서 지낸다고 대충 말해주었다. 늙은 아주머니가 또 끼어들며 말했다.

“조 선생, 정말 겁이 많으시네요! 장 선생이 안 온다는 그런 말은 마세요. 설사 그가 와서 여기에서 당신과 만나게 된들 무슨 큰일이겠어요. 가끔 우리 집에 손님들이 서너 명씩 함께 오기도 하지만 모두 친구이면서 손님이에요. 시끌벅적 놀 생각인 거죠. 당신이 그들을 만난들 뭐가 그렇게 난처하겠어요!”

왕아이가 말했다.

“당신은 정말 바보 얼간이야! 장 선생이 당신을 때리면 당신도 때리면 되지, 왜 그 사람을 무서워해요? 난처하다고 그러면 우리 장사는 어쩔 수 없이 접어야겠네요.”

박재는 부끄러워서 아편침대로 가서 누워 왕아이가 채워 놓은 아편을 낚아채 불을 붙여 빨아보는데 방법을 잘 몰라 연기만 자욱하게 올라왔다. 왕아이는 옆에서 그것을 보고 웃었다. 갑자기 옆방 곽효파가 큰 소리로 ‘아가씨’ 하고 불렀다. 왕아이가 급히 늙은 아주머니에게 나가보라고 했다.

“누가 왔어?”

늙은 아주머니는 급히 계단을 내려갔다. 박재는 전혀 개의치 않았지만, 왕아이는 고개를 들고 자세히 들으려고 귀를 기울였다. 늙은 아주머니가 문 앞에서 누군가와 한참을 수군거리기는 하는데, 도통 무슨 말인지 들리지 않았다. 그때 다시 소리를 질렀다.

“아가씨, 내려와 봐요.”

왕아이는 이를 부득부득 갈며 욕설을 몇 마디 뱉고 박재를 두고 재빨리 내려갔다.

박재는 아편을 끝까지 피우지 못하고 일어나 앉아 무슨 일인지 엿들었다. 그러나 왕이이가 계단을 반쯤 내려가다 말고 웃는 소리가 들려왔다.

"장 도련님, 난 누구시라고!"

그 뒤로는 소곤거려서 무슨 발인지 모르겠고 잘 들리지도 않았다. 그런데 늙은 아주머니가 성질을 내는 소리가 들렸다.

"서 도련님, 제가 말할게요!"

이 한 마디가 끝나기도 전에 갑자기 계단에서 발자국 소리들이 들리더니 덩치가 큰 남자 두 명이 들이닥쳤다. 한 명은 차가운 얼굴을 하고 또 한 명은 소매를 걷어붙이고 당당하게 아편침대를 차지하고 앉았다. 그들은 담뱃대를 잡고 아편 소반을 시끄럽게 두들기며 성질을 냈다.

"아편 가져와!"

왕아이는 황급히 다가와서 웃음을 흘리며 말했다.

"아주머니가 가져올 거예요. 서 도련님, 화내지 말아요."

박재는 그들이 찾아온 이유가 선량하지 않은 것을 보고 화를 누르지도 못하지만 그렇다고 화를 낼 수도 없어 혼잡한 틈을 타서 연기처럼 빠져나갔다. 왕아이는 배웅조차 할 엄두도 내지 못했다. 마침 늙은 아주머니가 아편을 가지고 돌아오다 박재와 마주쳤다. 박재를 붙잡고 당부의 말을 했다.

單折單〻嫖明受氣
第十四回
三十六

"낮에는 사람이 많으니 밤 한 시에 다시 와요. 기다리고 있을게요."

박재는 알겠다며 고개를 끄덕였다.

그때 해는 점점 산 너머로 지고 있었다. 박재는 객잔으로 가지 않고 대충 식당에서 밥을 먹고 또다시 설서장[4]에 가서 이야기 한 편을 들었다. 열두 시 가까이 되자 다시 왕아이 집으로 갔다. 정말이지 마음껏 즐기며 봄밤을 보낼 수 있었다. 그리고 다음 날 오전, 객잔으로 돌아왔다. 객잔 사환이 그를 맞이하며 알려주었다.

"어젯밤 어떤 아주머니가 여러 번 찾아왔어요."

박재는 취수당의 양가모라는 것을 알고 개의치 않기로 마음먹었다. 다만 오늘 다시 찾아와서 귀찮게 할까 봐 아예 숨는 것이 낫겠다 싶어 식사를 끝내는 대로 급히 문을 나섰다. 그러나 어디로 가야 할지 막막했다. 처음에는 석로에서 북쪽으로 걸어가 대마로를 통해 포구장으로 들어가서 한 바퀴 정도 돌면서 어디에 가서 시간을 보낼까 하고 생각하다 갑자기 오송교 패거리들이 마작하던 게 생각이 나서 손소란의 집으로 가서 물어보는 것도 무방하겠다 싶었다. 그래서 모퉁이를 돌아 사마로를 지나 조귀리 손소란의 집으로 갔다. 응접실에 있는 남자 하인에게 물었다.

"오 도련님 여기 있는가?"

"안 왔어요."

박재가 나가려는데 마침 아주머니 김저가 그를 보았다. 전날 함께 마작을 했기 때문에 솔직하게 말해주었다.

"오 도련님 찾으셔요? 상인리 양원원 집에서 마작을 하고 있을 거예요. 거기 가서 물어봐요."

박재는 그 말을 듣고 나와서 조귀리를 지나 맞은편 동경리로 건너갔다. 그곳은 상인리까지 곧장 이어졌다. 게다가 양원원 집 간판을 찾게 되자 기쁜 마음에 주저함 없이 옷자락을 들어 올리며 문지방을 넘었다. 왼쪽 곁방을 들여다보니 한 탁자에서 마작을 하고 있는데, 맞은편에 앉은 이가 바로 장소촌이었다. 박재는 창문을 사이에 두고 그의 이름을 부르며 방으로 들어갔다. 장소촌과 오송교는 마지못해 가벼운 인사말을 건네고, 이학정은 '앉게'라고만 하였다. 주소화는 아예 거들떠보지도 않았다.

조박재는 오송교 뒤에 서서 가만히 보고 있다가 재미가 없어 멋쩍게 인사를 하고 나갔다. 이학정이 오송교에게 물었다.

"저 사람 무슨 일 해?"

"놀러 왔지, 하는 일은 없어."

장소촌이 말했다.

"일거리를 찾고 있는데, 무슨 연줄이 없나?"

오송교가 비웃으며 말했다.

"그가 일을 하겠다고! 어떤 일을 할 수 있겠어?"

모두들 한 번 웃고 말았다.

合上
合々賭
賭通
謀

여덟 번 패를 돌리고 나서 산가지를 세어보니, 이학정이 백 원가량 잃었다. 양원원이 말했다.

"당신은 잃기만 해요. 조금이라도 땄다는 소리를 들어본 적이 없어요."

오송교가 말했다.

"마작은 좀 잃어도 괜찮아. 패구장(牌九莊)[5]에서 네댓 번 연속해서 따기만 하면 그만이야."

주소화가 말했다.

"기녀를 데리고 술 마시는 것도 재미없어. 우여의(尤如意)에 가서 잃은 돈을 다시 따는 것이 제일이야."

이학정이 미소를 지으며 말했다.

"우여의는 내일 가."

장소촌이 물었다.

"누가 술자리에 초대했습니까?"

"여전홍이지. 안 그러면 누가 흔쾌히 기녀들과 술을 마시러 가겠나. 다른 사람은 초대하지 않고 나와 넷째 숙부 두 사람만 초대했어. 그 사람은 만약 술자리 흥이 식기라도 하면 펄쩍 뛰어. 정말 볼 만해!"

오송교가 말했다.

"그 늙은이 정력이 대단하구만."

이학정이 정색을 하며 말했다.

"그 사람 대단한 사람이야. 생각해보게, 집에도 부인이 여러 명이고 기루의 기녀들이며, 여염집의 여자들이며, 모두 합치면 거의 수백 명은 된다니까!"

주소화가 말했다.

"도대체 돈이 얼마나 많은 거야?"

"누가 계산할 수 있겠어? 여전홍 자신도 정확하게 몰라. 사업을 시작하면 정신이 아찔할 정도로 규모가 커서 수천만 원이 들어가는데, 끝이 없어!"

모두들 그 말을 듣고 머리를 가로저으며 혀를 빼물고 찬탄을 하였다.

그리고 속속 집으로 돌아갔다. 이학정은 편히 탑상에 누워 기지개를 펴며 하품을 하였다. 양원원이 물었다.

"아편 피우겠어요?"

"아니. 어제 밤새하다시피 하고 오늘 아침에도 잠을 자지 않아서 많이 피곤해."

"어제는 얼마 잃었어요?"

"어제는 그래도 괜찮았어. 연이어 두 번 맞추고 나서 그만했으니까. 그래도 천은 잃었어."

"도박을 줄여요. 돈 잃고 몸 망쳐요. 본전 찾을 생각을 해야죠. 이 사람들은 이겼다 하면 돈을 싹 쓸어가고, 졌어도 돈을 돌려주는 걸 본 적이 없는 것 같아요."

이학정이 웃으며 말했다.

"그건 말도 안 돼. 돈이 있어야 산가지를 살 수 있고, 산가지가 있다는 건 어쨌든 돈이 있다는 건데 어떻게 안 줄 수 있다는 거야? 오히려 본전을 다 못 찾을까 봐 그렇지. 도박판이라는 게 바람이 조금만 바뀌어도 그 사람들은 아예 안 해. 그들을 이길 수 없다면 방법이 없어!"

"제 말이요. 당신 내일 우여의에 가서 얼마나 잃고 딸지 생각을 잘하세요. 아예 다시 한 판 해서 본전을 찾을 수 있으면 하시고, 안 그러면 그만하셔요."

"네 말도 맞아. 만약 본전을 못 찾으면 도박은 그만해야지."

"도박을 하지 않을 수만 있다면야 이보다 더 좋을 게 없지요. 그런데 도박을 한다면 조심해야 해요. 몇만을 잃어버렸는데도 대수롭지 않게 여기니, 다른 사람이 들으면 속이 타들어가지 않겠어요? 당신 넷째 나리께서 왜 말리지 않느냐며 저를 꾸짖으셔도 전 할 말이 없어요."

"그런 일은 없어. 넷째 나리가 나를 꾸짖지 왜 자네를 꾸짖겠어?"

"지금 말들이 많은데 누가 장담해요. 사실 당신이 흥에 취해 두어 번 도박한 걸 가지고 한가한 사람들은 제가 돈을 엄청 뽑은 것처럼 말들 하잖아요. 우리 기루가 무슨 도박장도 아니고 또 무슨 돈을 뽑기를 뽑아요."

"누가 무슨 말을 한다고 그래, 혼자 걱정하고 있네."

"다음부터는 우여의에 가서 도박해요. 그럼 무슨 말이 나와도 저와는 상관없잖아요."

이때 학정은 이미 눈꺼풀이 무거워지고 입술이 까칠해진 채로 엷은 웃음만 띠고 있었다. 양원원도 더 이상 말을 하지 않았다. 학정은 몽롱해져 혼자 잠자리에 들었다. 양원원은 그가 피곤하다는 것을 알고 아무도 부르지 않고 직접 담요를 가져와 조심스럽게 덮어주었다. 학정은 등불을 올릴 때까지 잤다. 아주머니 성저가 밤참을 들고 방으로 들어왔다. 학정은 딸그락거리는 그릇 소리에 깨어났다. 양원원이 학정에게 물었다.

"요기를 하시고 술자리에 가셔야죠?"

학정이 잠깐 생각하더니 말했다.

"먹긴 하겠는데, 다는 못 먹겠고 조금이라면 괜찮지."

성저가 말했다.

"요리라고 할 게 없어요. 두어 가지 더 올리라고 할게요."

학정이 손을 저으며 말했다.

"괜찮아. 한 술만 뜰 건데 뭐."

양원원이 상저에게 말했다,

"조단[6]을 좋아하셔. 가서 조단을 올려."

성저는 대답하고 곧장 준비했다.

학정과 원원이 같이 앉아 식사를 마칠 때 즈음, 집사 광이가 객잔에서 돌아와 학정에게 아뢰었다.

"넷째 나리께서 술자리에 가시면서 큰도련님도 일찍 오라고 하셨습니다."

원원이 말했다.

"초대장이 오면 그때 가도 될 거예요."

학정이 말했다.

"일찍 술 마시고 일찍 돌아가서 자야겠다."

"당신 몸도 피곤한데 다시 여기로 오셔요. 객잔보다 나을 거예요."

"며칠이나 돌아가지 않아서 넷째 나리도 조금 걱정하시는 것 같으니 가는 게 좋겠어."

원원도 더 이상 말하지 않았다. 이학정은 광이에게 따르라고 하고 양원원의 집에서 나와 술자리로 갔다.

---

1 십육포(十六鋪)에서 '포(鋪)'는 지편(地片)을 뜻한다. 상해 현성의 동문인 보대문(寶大門) 일대를 십육포라고 하였다. 황포강 연안에 자리 잡고 있으며, 부두가 많아 수상교역의 중심이었다. 당시 상해에서 가장 번화한 곳이었다.

2 시력이 나쁜 사람이 보고서도 가끔 못 알아볼 때, '눈알이 크다'라는 속담을 쓴다. 그물눈이 너무 커서 물건이 새어버리는 것에 비유한 것이다.[장]

3 질투한다는 것을 '식초를 마시다(喫醋)'로 표현한다.

4 사람들을 모아놓고 만담, 야담, 재담 등을 들려주는 장소

5 牌九 : 32개의 패를 사용하는 간단한 도박이다.[일]

6 糟蛋 : 오리알 또는 달걀을 술지게미와 소금, 식초에 50일 정도 절인 음식

15

도명주는 공화리로 출타하고, 이실부는 화우루에서 아편을 피우다

屠明珠出局公和里 李實夫開燈花雨樓

여전홍은 과연 어디에서 술자리를 가지고 있는가? 바로 나자부의 오랜 애인 장월금의 집이었다. 이학정은 이미 알고 광이를 데리고 동공화리로 갔다. 광이가 재빨리 나서며 통보하자 여자 하인 아호(阿虎)가 그를 맞이하며 주렴을 걷어 올리고 방으로 안내했다. 이학정이 들어가니 넷째 나리와 우노덕(于老德)이라는 식객 두 사람만 앉아 있었다. 넷째 나리는 바로 이학정의 넷째 숙부, 이실부(李實夫)이다. 세 사람은 서로 인사를 나누었다. 술자리의 주인인 여전홍 혼자만 아직 오지 않았다. 이학정이 그 이유를 채 묻기도 전에 우노덕이 먼저 말을 꺼냈다.

"여대인께서는 총판공관에서 술을 드시고 계십니다. 월금도 불려갔지요. 대인께서 우리 세 사람 먼저 마시고 있으라고 하셨습니다."

그리고 아호에게 술자리를 준비하고 수건을 가져오게 했다. 마침 그때 장월금이 돌아왔다. 손에는 국표 네 장이 들려 있었다.

"여대인께서는 오고 계세요. 각자 두 명 이상 부르고 대인께서 부를 기녀들도 대신 부르라고 하셨습니다."

우노덕은 국표를 펼치고 여전홍이 지금 기분이 좋다는 것을 알기에 자신이 먼저 네 명을 적었다. 이학정은 마지못해 네 명을 적고 이실부는 굳이 분위기를 띄우려는 마음이 없어서 두 명만 적었다. 국표를 보내고 난 후 모두 자리에 앉았다.

잠시 후 여전홍이 도착했다. 주애인도 동행하였고 서로 자리를 양보하며 앉았다. 여전홍은 국표를 가져오라고 해서 주애인에게 기녀를 부르게 했다. 주애인은 임소분과 임취분 자매 두 사람을 불렀다. 여전홍은 너무 적다며 네 명은 불러야 된다고 고집을 피웠다. 다시 우노덕에게 물었다.

"자네 세 사람은 몇 명 불렀나?"

우노덕은 사실대로 아뢰었다. 여전홍은 이실부를 한 번 보고는 말했다.

"왜 두 명만 불렀어? 난처했구만! 육 원을 써야 하니 당황한 게지!"

이실부는 무안해서 머쓱하게 웃으며 말했다.

"부를 기녀가 없네."

"자네도 한물간 풍류객이라는 건가, 지금 부를 기녀가 없다니. 말을 해도 호탕함이 없어!"

"이전에 만나던 기녀들은 이미 퇴물일 텐데, 불러서 뭐 하겠어?"

"자네 알잖아? 놀 줄 모르는 사람이 어린 것과 놀지. 놀 줄 아는 사람은 나이 먹은 기녀와 놀아. 나이가 들수록 노는 멋을 알거든."

이학정은 이 말을 듣고 즉시 말했다.

"갑자기 한 사람이 생각났습니다."

여전홍은 이에 필묵을 가져오게 하여 이학정에게 이실부 대신 국표를 쓰게 했다. 이실부가 조심스럽게 국표를 보는데, 이학정이 쓴 기녀가 도명주(屠明珠)인 것을 알고 주저하며 말했다.

"요즘 술자리에 불려 나오는 걸 보지 못했는데."

"우리가 부르는데 거절할 수는 없을 겁니다."

여전홍은 국표를 가져와 이실부가 부른 기녀가 고작 세 명인 것을 보고 이내 미간을 찌푸리며 말했다.

"자네는 그 많은 돈을 어디에 쓰려고 상자에 넣어두고만 있는 건가. 내 앞에서 자린고비 행색 하려고?"

그리고 여전홍은 다시 이학정을 부추겼다.

"자네가 한 명 더 불러보게. 숙부 체면이 구겨져서야 되겠는가!"

이실부는 단지 멋쩍게 웃고만 있었다.

이학정이 말했다.

"누구를 부를까요?"

한참을 생각하더니 억지로 손소란을 적어 넣었다. 여전홍은 두 명이 더 생각이 나서 우노덕에게 적으라고 하고 나서 한꺼번에 보냈다.

술자리 상은 네모난 탁자 두 개를 붙인 쌍대였다. 손님과 주인 모두 다섯 명이어서 자리가 아주 널찍했다. 여전홍은 기녀들을 손님과 나란히 함께 앉게 했다. 나중에 도착한 기녀들은 앉을 수 없어 뒤에 쭉 늘어섰다. 스물두 명의 기녀들과 스물두 명의 아주머니, 어린 하녀들이 더해져 방 안을 가득 메웠다. 우노덕이 여러 차례 세어보았지만 오직 도명주만 도착하지 않고 있었다. 장월금이 물었다.

"재촉하러 보낼까요?"

이실부가 서둘러 말렸다.

"그러지 말게, 안 와도 괜찮아."

이학정이 고개를 돌려 보니 손소란이 옆에 앉아 있었다. 그래서 말했다.

"자네 덕분에 체면을 유지할 수 있게 되었네."

손소란이 미소를 띠며 말했다.

"무슨 말씀을요, 도련님도 저를 돌봐주시잖아요."

양원원이 손소란과 서로 몇 마디 나누자 이학정은 더욱 기분이 좋아졌다. 임소분과 동생 임취분은 비파를 고르고 노래 부를 곡목을 의논하고 있었다. 주애인은 여전홍의 뜻을 짚어보고 노래를 들을 여유는 없다고 짐작되어 슬며시 손짓을 해서 그만두게 했다.

여전홍은 자기가 부른 기녀들을 내버려두고, 이 사람 저 사람 보며 이야기를 나누었다. 도명주가 살랑살랑 걸어오자 여전홍은 이미 잘 알고 있는 사이라 이런저런 이야기를 나누었다. 그러다 순간 도명주와 십 년 전 옛 이야기로 옮겨갔다. 이실부는 맞장구를 치며 말했다.

"도명주 선생으로 바꾸니까 좋은가?"

"뭘 바꿔? 자네가 불렀어도 이야기할 수 있지."

"그러면 여기에 앉아. 이야기하려면 가까운 게 편하잖아."

여전홍은 거절하려고 하는데 도명주가 먼저 일어나 자리를 옮겨 여전홍 어깨에 꼭 붙어 앉았다. 도명주의 아주머니 포이저(鮑二姐)가 기회를 보고 여전홍에게 물담배를 채워주었다. 여전홍은 한 모금 피워보지만 오히려 쑥스럽고 어색했다. 그래서 일부러 말을 꺼냈다.

"괜히 비위 맞추려고 물담배 채우려 하지 마라. 넷째 나리가 화가 나서 질투하면 이 늙은이는 싸울 수도 없으니까!"

도명주가 '큭' 하고 웃으며 말했다.

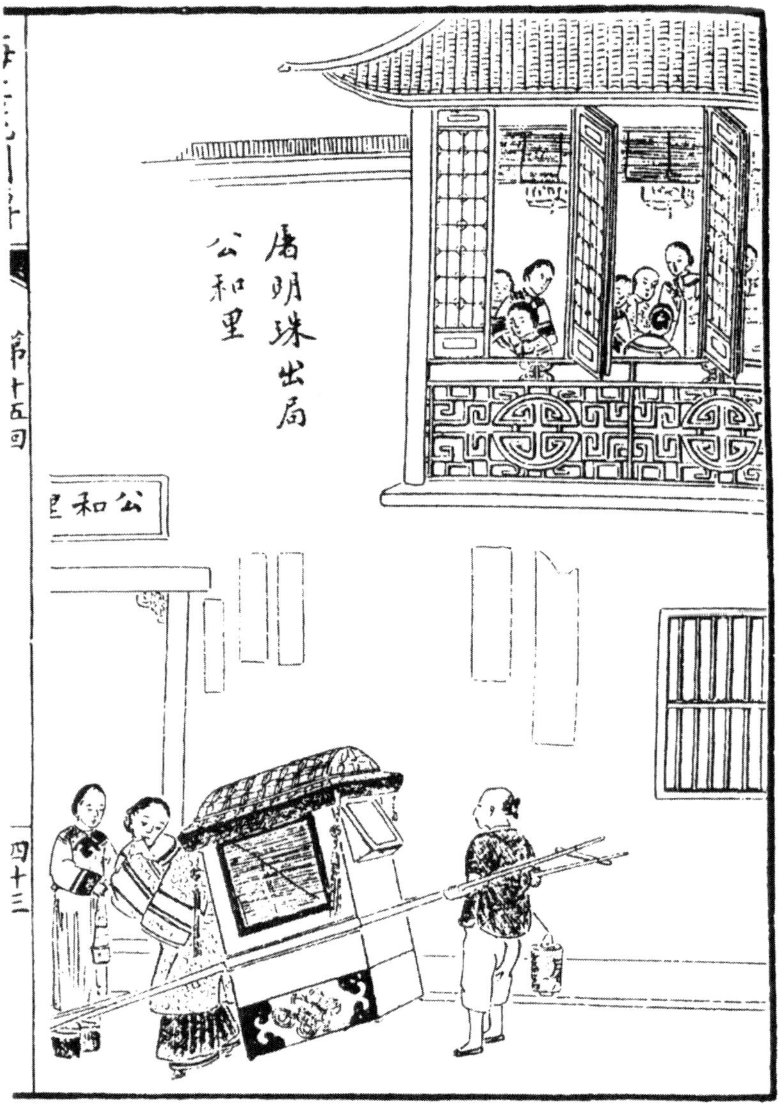

唐明珠出局
公和里
公和里
第十五回
四十三

"여 나리 걱정 말아요. 넷째 나리께서 싸움을 걸면 제가 도와드릴게요."

여전홍도 웃으며 말했다.

"자네, 내 돈 삼 원[1]에 눈독 들이고 있구나, 그렇지?"

"그러시면 삼 원이 아까워서 물담배도 안 피우시려는 거예요? 포이저, 가져와. 여 나리께는 드릴 필요 없어! 삼 원 때문에 곤혹스럽게 해드리면 안 되지. 밤새도록 잠 못 들 수 있으니까."

포이저가 그래도 물담배를 채워 여전홍에게 주자 도명주는 그것을 빼앗았지만 오히려 웃음을 참지 못하고 입을 가리며 웃었다. 여전홍이 말했다.

"너희들이 이 늙은이를 속이고 있구나, 죄가 두렵지 않느냐? 벼락 맞을 거야!"

도명주는 그 담뱃대를 입에 물고 있다가 하마터면 사래 걸릴 수 있겠다 싶어 급히 숨을 뱉었다. 그리고 웃으며 말했다.

"여러분, 여 나리 좀 보셔요! 이러다 울겠어요! 자, 담뱃대 드리면 되잖아요!"

담뱃대를 여전홍 입에 갖다 댔다. 여전홍은 목을 빼고 입을 벌리고, 한 숨에 담배를 빨아 당기며 감탄을 했다.

"아! 정말 좋구나!"

포이저도 깔깔 웃으며 말했다.

"여 나리, 잘 노시네요."

우노덕은 도명주에게 말했다.

"너희들이 여 나리를 속였어! 물담배 피웠다고 삼 원을 가져갈 수는 없어."

여전홍은 손뼉을 치고 탄식했다.

"자네들에게 다 들통 나니까 재미가 없어. 다시 담배를 피워야겠어!"

그러자 모두 자리가 떠나갈 듯 웃었다.

장월금은 끼어 앉을 수 없어 한쪽에 서 있다가 주애인이 자리에서 일어나 탑상에 누워 아편 피우는 것을 보았다. 그 틈에 다가가 주애인에게 나지막하게 물었다.

"나 나리 보셨어요?"

"나도 한 사나흘 보지 못했네."

"나 나리께서 장부를 정리하고 나서 오지 않으세요. 알고 있어요?"

"뭘?"

"상해탄에서 웃음거리가 된 이야기 말이에요. 황취봉이 그를 보내주지 않아서 밖에도 못 나오고 있다는 이야기. 어릴 때부터 기루에서 밥벌이를 하고 있지만 나 나리 같은 손님은 여태 본 적이 없어요."

"정말인가?"

"나 나리께서 탕 나리를 시켜 돈을 보내왔어요. 그때 탕 나리께서 말해주시더군요."

"자네들이 그를 초대한 적은 없었어?"

"나 나리 하는 대로 내버려두려고요. 오시든 말든. 저와는 못 해도 사오 년을 만났기 때문에 그 사람이 어떤 성격인지 저도 좀 알지요. 지금은 황취봉과 좋은 시간을 보내고 있어서 나 나리를 초대할 수도 없어요. 방해하는 것처럼 보일 수 있으니 아예 초대하지 않아야죠. 주 나리도 보시면 아실 거예요. 황취봉과도 사오 년 만나고 나면 자연스럽게 다시 저에게 올 겁니다. 그러니 굳이 그를 초대할 필요가 없지요."

주애인은 이야기를 듣고 상황을 살펴보니 오히려 장월금이 재미있는 사람이라고 생각되어 다시 그녀에게 자세히 물으려고 하는데, 갑자기 술자리에서 자신을 계속 불렀다. 주애인은 마지못해 술자리로 돌아갔다. 알고 보니 여전홍이 도명주에게 모든 손님과 차례대로 타통관을 시켰는데, 이실부, 이학정, 우노덕 세 사람은 이미 다 했고 주애인 차례였던 것이다.

주애인을 끝으로 도명주의 차례도 끝났다. 그때 화권을 할 줄 아는 기녀들은 앞다투어 손을 내밀었다. 여기서도 저기서도 화권을 했다. 일시에 소맷자락이 춤추고 팔찌가 짤랑거리고, 등불이 움직이고 꽃이 흔들렸다. '오괴' '팔마(八馬)'[2] 소리가 뒤섞여 들려오고, '대수'인지 '평권'[3]인지 도무지 구분이 가지 않았다. 너무 시끌벅적 소란스러워지자 여전홍은 마음이 불안해져서 죽을 가져오라고 했다.

"뭐 좀 먹어야지."

기녀들은 그제야 화권을 멈추고 하나둘씩 떠나갔다. 다만 도명주만이 다른 기녀들과 달랐다. 그녀는 밥을 먹고 나서야 일어났다.

이학정은 일찍 잠들려고 술자리가 끝나자마자 이실부와 함께 작별인사를 하고 먼저 나섰다. 광이가 그들을 따랐다. 회석로 장안(長安) 객잔으로 돌아와 방에 들어오자 이실부는 침대에 누워 담배를 피웠다. 이학정은 광이에게 이부자리를 깔게 했다. 실부는 의아해했다.

"양원원에게 가지 않느냐?"

"예."

"나 때문에 여기에 있을 필요 없다. 가서 놀아. 불편하게 있지 말고, 가도 돼."

"어제저녁 한숨도 못 자서 오늘 좀 피곤합니다."

실부는 한참을 가만히 있다가 천천히 말을 꺼냈다.

"조계지에서 도박을 해서 이기는 사람은 없다. 도박하려면 고향으로 돌아가서 해라."

"도박은 아직 해보지도 않았습니다. 다만 기루에서 몇 번 마작 패를 돌렸을 뿐입니다."

"마작은 도박 축에는 못 들긴 하지. 도박만 하지 않아도 큰 화는 당하지 않으니까."

학정은 말을 계속 이어가기 거북하여 옷을 벗고 잠을 청했다.

실부는 광이에게 담뱃재를 비우라고 했다. 광이는 고개를 숙여 재를 파내며 웃으며 말했다.

"나리께서 부른 늙은 기녀 이름이 뭐였죠?"

"도명주. 어떻더냐?"

광이는 웃기만 했다. 그래서 이실부가 물었다.

"왜 말이 없느냐? 예쁘지 않더냐. 말해봐."

"별로였어요. 여 대인께서 그녀를 보배 나루듯 해서 그렇죠. 나리, 다음에는 여 대인에게 양보하시고 부르지 마세요."

실부는 이 말을 듣고 자기도 모르게 웃음이 터져 나왔다. 광이도 웃으며 말했다.

"넷째 나리께서는 그녀가 예쁩니까? 앞머리 머리카락은 다 빠지고 이는 몇 개 없고, 얼굴도 아편에 찌들어 있더군요. 여 대인과 이야기를 나누다 웃을 때면 얼마나 흉하든지! 입을 벌리니 피부가 한데 몰려 마치 연꽃잎을 가장자리에 두르는 것 같았습니다. 제가 오히려 난감했다니까요. 게다가 그녀의 행동은 요괴같이 얼마나 해괴망측했습니까! 거울 들고 한번 보라고 해야 해요. 사람 꼴인지 말이죠!"

실부는 껄껄 웃으며 말했다.

"지금 도명주는 정말 아니지. 그래도 너는 몰라, 그녀의 명성이 얼마나 대단한지! 수중에 이만 원이나 있어. 그래서 변변치 못한 손님들은 여전히 그녀에게 아부를 해."

"내가 손님이라면 도명주에게 붙는다 해도 솔직히 기분은 좋지 않을 겁니다. 오히려 여 대인께서 술자리를 마련한 그곳의 장월금이라고 했나, 그녀가 참하더군요. 화장도 한 듯 안 한 듯하고, 월백색 죽포를 입고, 머리장신구 장식은 하지 않았지만, 나이는 도명주와 비슷하지요. 예쁘다고는 할 수 없지만 청순해 보여서 오히려 아가씨 같았어요."

"너도 보는 눈이 있구나. 지금 네가 아가씨 같다고 말했는데, 옷이며 머리장신구며 아주 많이 있어도 화려하게 하지 않았을 뿐이야. 봤잖아, 모자 위에 달려 있는 그 커다란 진주, 오백 원짜리야!"

광이가 말했다.

"도대체 어디서 그렇게 많은 돈이 있는지 모르겠네요?"

"당연히 손님이 선물한 기지. 바로 오늘 밤처럼 잠깐 술자리를 가져도 백 원이 나가버려. 여 대인이야 아무것도 아니겠지만 내 입장에서는 억울해. 두 사람이 이십 원 넘게 써버렸으니. 다음에 그가 술자리에 초대하면 안 갈 거야. 도련님 혼자 가라고 해야지."

"나리, 또 농담하세요. 상해에서 논다고 하면 당연히 이 원은 써야지요. 돈이 없다면야 별 수 없지만 나리처럼 해마다 돈을 벌고 계시면 쓰고 또 써도 다 못 써요."

"내가 인색해서가 아니라, 놀려고 해도 어디 제대로 놀 곳이 있어야지, 장삼서우와 사귀어보라지? 그런데 장삼서우가 이름이 조금이라도 있다고 하면 정말이지 가는 사람들이 바보들이야!"

그 말에 광이가 껄껄 웃었다.

그때 뜻밖에도 학정이 아직 깊이 잠들지 않아 이불 속에서 웃고 말았다. 실부는 학정의 웃음소리를 듣고 말했다.

"내 말이 어떻게 네 귀에 들리기는 한 모양이다? 웃음이 나오는 걸 보니. 자네가 돌보는 양원원도 마찬가지이야. 조계지에서 이름이 나 있어."

학정은 다시 잠을 자려고 마음을 잡고 말을 잇지 않았다. 광이는 담뱃재를 다 끄집어내 담뱃대를 올리고 밖으로 물러갔다. 실부는 흡족할 만큼 피우고 나서 아편 소반을 정리하고 잠들었다.

이실부는 아무리 아편을 피워도 여덟 시면 꼭 일어나지만, 이학정은 대중없었다. 그날 이십일 일은 실부 혼자 방에서 점심을 먹고 나서 자고 있는 학정을 깨우지 않고 광이에게 분부만 내렸다.

"잘 모셔라. 나는 화우루로 간다."

그리고 문을 나서며 사마로로 갔다. 상인리 입구 근처에서 갑자기 누군가가 '실옹' 하고 부르는 소리가 들려왔다.

실부가 고개를 들어보니 주애인이 상인리에서 나오고 있었다. 서로 인사를 나누었다. 주애인이 말했다.

"그렇지 않아도 막 초대하려 했네. 오늘 밤 여전홍 옹을 술자리에 초대하려고 말이야. 바로 도명주의 집인데, 방도 넓고 해서 그곳에서 술자리를 마련할까 해. 어제처럼 우리 다섯 명이 준비하는 것이니 절대 물리치지 마시게."

"난 함께하기 힘들고, 나중에 조카만 보내겠네."

주애인은 당혹스러워하며 중얼거리듯 말했다.

"함께하지 못한다면야 억지로 부탁할 순 없지만, 사람이 너무 적은 것 같아서 말이야. 못 오겠나?"

실부는 단호하게 거절하지 못하고 얼버무리며 모호하게 대답을 했다. 그제야 주애인은 손을 모으고 작별인사를 하고 다른 길로 갔다. 실부는 화우루에 도착하자 문을 열고 삼 층 꼭대기에 올라갔다. 그곳을 둘러보니 마침 장이 서는 날이라 차를 마시는 야외 탁자며 아편을 피우는 실내 침상이며, 모두 사람들로 꽉 차 있었다. 한 종업원이 실부를 알아보고 그가 아편을 피우려는 것을 알아채고 곧장 손짓을 하며 들어가서 말했다.

"여기가 비었습니다."

실부는 가운데 아편침대에 있던 손님이 그곳에서 계산을 하고 얼굴을 씻고 있는 것을 보았다. 실부는 아래쪽에 앉아 손님이 나가고 점원이 깨끗하게 청소하기를 기다렸다가 위쪽으로 자리를 옮겨 앉았다.

주위를 둘러보니 차 마시는 손님, 아편 피우는 손님들이 물밀듯 점점 더 불어나서 왁자지껄하니 어디에도 빈자리가 없었

李寔夫
閙燈
花
雨樓

다. 게다가 간식거리, 장난감, 잡다한 생활용품을 파는 잡상인들이 물건을 손에 들고 어깨에 메고 가슴에 안고서 사람들 사이를 비집고 왔다 갔다 돌아다녔다. 실부는 그런 잡상인들에게는 전혀 관심을 보이지 않고 오직 창녀들을 유심히 살폈다. 이 화우루는 원래 창녀들을 낚는 큰 사냥터[4]로, 찾는 사람이 그 수를 다 헤아릴 수 없을 만큼 많고 농지거리로 기분을 풀기 위해 찾아들어 온갖 추태를 일삼는 곳이었다.

실부는 눈에 들어오는 사람이 없어 두어 번 아편을 피우고 책상다리를 하고 앉았다. 점원이 따뜻한 수건을 올리자 손과 얼굴을 닦고 물담뱃대를 피우고 있는데, 창녀 하나가 눈에 들어왔다. 열여섯, 일곱이나 되었을까 덕지덕지 분을 바른 얼굴이며 목에는 몇 년 동안 씻지 않았는지 새까만 기름때가 끼어 있었다. 옅은 보라색 소주산 비단을 덧댄 옷깃은 기름이 반들반들하여 짙은 녹색으로 변해 있었다. 손에 들고 있는 연녹색 비단 손수건은 그나마 깨끗하였다. 그녀는 사람들이 보지 못할까 봐 그 손수건을 계속 흔들며 들어왔다.

실부는 그 모습을 보고 자기도 모르게 웃음이 나왔다. 그 창녀는 실부가 자기에게 마음이 있다는 것을 알고 한걸음에 앞으로 다가와 서서 뚫어져라 쳐다보며 말을 걸어 오기를 기다렸다가 잽싸게 옆에 누웠다. 누가 알았으랴, 한참을 공을 들였으나 전혀 반응이 없었다. 그래서 하는 수 없이 그 자리를 떠나갔다. 그때 마침 종업원이 한쪽 다리를 꼬고 중문에 기대고서 아편 손님 시중을 들고 있었다. 그녀는 곧장 종업원에게로 가서 이야기를 나누었다. 종업원이 무슨 말을 하는지는 알 수 없으나 그 창녀는 깔깔 웃기도 하고 욕도 하며 또 손수건을 종업원 얼굴에 대고 흔들었다. 종업원이 황급히 고개를 들고 뒷걸음치다 잡상인과 부딪히면서 쨍그랑 소리가 났다. 사람들은 그 소리를 듣고 모여들었다. 자잘한 물건들이 바닥에 어지럽게 흩어져 있었다. 그녀는 일이 안 좋게 돌아갈 것 같아 연기처럼 쏙 빠져나가 버렸다.

마침 두 명의 여자 하인이 나란히 걸어오며 희희낙락 이야기 나누느라 미처 발 아래 깨진 유리 거울을 피하지 못하고 밟고 말았다. 한 여자 하인은 급한 마음에 발을 들고 기를 쓰고 버텼지만, 다른 여자 하인은 중심을 잃어 온도계를 산산조각 내고 말았다. 잡상인들은 손해를 봤다며 그 두 명의 여자 하인에게 배상을 요구할 게 뻔했다. 그러나 두 명의 여자 하인들은 기필코 잡아떼며 말했다.

"네가 왜 바닥에 떨어뜨렸어?"

두 명이 번갈아가며 다투듯 집요하게 따지니 소란스러워졌다. 종업원은 방법이 없어 소리를 질렀다.

"나가! 나가! 됐어!"

여자 하인들은 그제야 투덜거리며 떠나갔다. 종업원은 몸에서 몇 푼을 꺼내 잡상인에게 주었다. 잡상인은 더 이상 요구하지 않고 물건을 주섬주섬 줍고 나갔다. 열 받은 종업원은 쉴

새 없이 욕설을 퍼부었다. 실부가 웃으며 그를 위로 해주자 그제야 멈추었다.

이어서 한 노파가 벽을 더듬어가며 천천히 앞으로 걸어와서 실눈을 하고 아편 손님들을 쳐다보다가 실부를 보자 그 앞을 가로막고 뚫어지게 쳐다보았다. 실부는 그 이유를 모른 채 노파가 한참을 우물쭈물하다 꺼내는 말을 들었다.

"놀러 가실래요?"

실부는 그제야 그녀가 호객하는 사람이라는 것을 알고 웃음으로 대신 답하고 그냥 내버려두었다. 점원은 주전자를 가져와 찻잔에 부으려고 했다. 그는 노파가 앞을 가로막고 있는 게 짜증이 나서 눈을 흘기며 기침소리를 냈다. 노파는 깜짝 놀라 고개를 숙이고 말없이 가버렸다.

실부는 다시 아편을 피워 상아갑을 말끔하게 비웠다. 대략 다섯 시쯤 되었을까, 안에서 아편을 피우던 손님들은 거의 떠나가고 그 많은 창녀들도 어디로 갔는지 사라지고 없었다. 이에 실부는 종업원에게 정리하라고 하고 계산서에 적힌 대로 은화를 꺼내고 다시 일각을 더 보태어주었다. 종업원은 결제하러 가면서 그의 조수에게 세숫물을 가져오라고 시켰다.

실부는 얼굴을 씻고 일어나 반듯하게 서서 옷매무새를 정리하였다. 영수증을 받고 곧장 그곳을 나왔다. 그런데 갑자기 또다시 그 창녀가 훌쩍 날아와서 결국 실부의 영혼을 옭아매었다.

1 장삼서우를 한 번 부르는 데 드는 비용이 삼 원이다.

2 화권 중 숫자를 낼 때 외치는 소리. '오괴'를 외치는 사람은 자신이 내는 손가락 숫자와 상대방이 내는 손가락 숫자가 합쳐서 5가 되기를 바라면서 '오괴'라고 외치고, '팔마'는 이와 마찬가지로 8이 되기를 바라면서 외치는 소리이다. 이것을 '화권 구결'이라고 한다.

3 對手 : 비긴 것. 平拳 : 손바닥을 엎으며 손을 내는 것.

4 야계(野鷄), 즉 산꿩이다. 창녀를 의미하는 야기(野妓)와 동음이의어다. 그래서 큰 사냥터라 한 것이다.

16

대부호는 싸게 먹으려다 독과를 심고, 아가씨는 소일하려고 꽃패를 두다

種果毒大戶拓便宜 打花和小娘陪消遣

이실부가 보니 그 창녀는 월백색 죽포로 만든 옷을 입고, 그 위에 단을 덧댄 검정색 주름 조끼를 걸치고 있었다. 그 뒤를 따라 늙은 아주머니가 느릿느릿 중간문 앞으로 와서 안을 들여다보고 멈추어 섰다. 실부는 가까이서 그 창녀 얼굴을 들여다보다가 달덩이처럼 환한 얼굴과 물기를 머금고 있는 두 눈망울에 마음이 단단히 나가고 말았다. 머쓱해지려는 그때 마침 종업원이 계산을 끝내고 돌아왔다. 늙은 아주머니가 그를 맞으며 물었다.

"진(陳) 씨 왔어?"

"아뇨. 며칠 동안 안 왔어요."

늙은 아주머니는 딱히 할 말도 없고 해서 창녀의 손을 잡고 앞쪽으로 천천히 걸어가 난간에 기대어 사마로를 오가는 마차들을 구경했다.

실부가 종업원에게 물었다.

"저 애 이름이 뭔지 아느냐?"

"제십전(諸十全)인데, 바로 우리 옆집에 살아요."

"여염집 여자 같구나."

"나리께서는 언제나 여염집 여자를 좋아하십니다. 놀러 가시게요?"

실부는 엷은 미소를 띠며 고개를 저었다. 그러자 종업원이 말했다.

"그것도 괜찮지요. 마음에 드시면 계속 가시면 되고, 안 드시면 몇 푼 날린 셈 치면 그만이잖아요."

실부는 웃기만 했다. 종업원은 실부의 마음을 알아채고 닦고 있던 연등을 내려놓고 중간문 밖으로 나가 손짓으로 그 늙은 아주머니를 불렀다. 그리고 그녀 귀에 대고 소곤거렸다. 그러자 곧바로 늙은 아주머니가 히히 웃으며 들어와 실부에게 이름을 묻고 나서 말했다.

"함께 가시지요."

실부는 그 말이 거북스럽고 불편했다. 종업원은 이미 눈치를 채고 말했다.

"그쪽은 먼저 가서 골목 입구에서 기다려요. 굳이 뭐 하러 같이 가요!"

아주머니는 황황히 말을 받았다.

"아, 아, 그러면 이 나리, 오셔요. 우리는 대흥리에서 기다릴 게요."

실부는 이내 고개를 끄덕였다. 아주머니가 나가려는데 종업원이 다시 그녀를 불러 단단히 당부했다.

"이분은 점잖으시고 장삼서우에 익숙한 분이니 쓸데없는 말로 노닥거리면 안 돼요!"

늙은 아주머니는 웃으며 말했다.

"알았어! 말 안 해도 돼."

대답을 하고 그녀는 급히 앞쪽 난간으로 가서 제십전의 손을 잡고 먼저 내려갔다.

실부는 아편 장부를 챙겨 들고 그들 뒤를 따라 화우루를 나섰다. 그리고 사마로의 서쪽을 향해 곧장 대흥리(大興里)로 갔다. 정말로 저 멀리 늙은 아주머니가 골목 입구에서 기다리고 있었다. 실부가 가까이 오자 아주머니는 몸을 돌려 골목으로 들어가고 실부는 그녀를 따라 들어갔다. 골목 안쪽 모퉁이를 돌아 두 짝으로 된 석고문을 열고 실부를 안으로 안내했다. 실부가 보니, 꽤 고상한 집이었다. 제십전은 창가에 기대어 밖을 내다보다 실부가 문을 열고 들어오는 것을 보고 부끄러워하며 뒤로 물러섰다.

실부는 이 층으로 올라가 방으로 들어갔다. 제십전은 수줍

어하며 수박씨를 올리고 난 뒤 조용히 돌아가 앉았다. 아주머니가 찻잔을 가져오고 연등에 불을 붙이자 제십전은 비로소 탑상에 걸터앉아 아편을 넣어주었다. 실부는 바로 탑상으로 가서 아래쪽에 누웠다. 아주머니는 멋쩍게 몇 마디를 하고 물러났다. 실부는 제십전이 아편에 불을 붙이는 것을 보면서 잡담거리를 생각해내며 말을 걸었다. 그 늙은 아주머니 이야기가 나오자 제십전은 급히 '엄마' 하고 불렀다. 알고 보니 그 늙은 아주머니는 그녀의 생모로, 그 유명한 제삼저(諸三姐)였다.

제삼저는 다시 올라와서 남포등을 켜며 유리창을 닫고 나서 말했다.

"이 나리, 여기서 저녁 드셔요."

실부가 생각해봐도 객잔으로 돌아가면 주애인이 반드시 초대하러 올 테니 피하는 게 상책이기도 했다. 그래서 은화를 꺼내 주면서 취풍원에 가서 작은 요리 두 가지를 시키라고 하였다. 제삼저는 대충 감사의 말을 하고 돈을 받아 주문하러 나갔다.

요리를 들고 올라왔는데 고기 요리 네 접시가 더 올라 있었다. 제삼저는 젓가락 두 벌을 마주 놓고 웃으며 말했다.

"십전아, 이리 와서 이 나리 시중들어야지."

제십전은 그 말을 듣고 나서야 다가와서 마주 앉아 술잔에 술을 따라주었다. 실부도 술병을 들고 그녀에게 한 잔 따랐다. 제십전은 그 잔을 물리치며 말했다.

"못 해요."

그러자 제삼저가 말했다.

"그래도 한 잔 마셔라. 이 나리는 괜찮아."

술잔을 받아 들고 젓가락을 들려고 할 때, 갑자기 아래층에서 누군가가 문을 열고 들어오는 소리가 들려왔다. 제삼저는 급히 내려가서 그 사람을 주방으로 불러 이야기를 나누었다. 그 뒤에 다시 제십전을 불러 내렸다. 실부는 어떤 손님인지 궁금하여 조용히 문가로 가서 엿들었다. 화우루 종업원의 목소리인 것 같아 더 이상 신경 쓰지 않고 다시 돌아와 술을 마셨다. 연이어 대여섯 잔을 비우고 나니 제삼저와 제십전이 올라왔다. 화우루 종업원도 따라 올라와 실부를 만났다. 실부가 그에게 술을 권하자 종업원이 말했다.

"전 마셨습니다. 드십시오."

그는 제삼저가 앉으라고 해도 앉지 않고 잠시 서 있다가 '내일 올게요.'라고 말하고 나갔다.

제십전은 다시 공손하게 술 몇 잔을 권했다. 실부는 술기운이 돌자 저녁을 들자고 하였다. 제십전이 시중을 들며 식사를 마치자 제삼저는 물수건을 올리고 저녁상을 챙겨 주방으로 내려갔다. 제십전은 또다시 실부에게 아편을 채워주었다. 실부는 그녀와 이야기를 나누는데, 열 마디를 건네면 서너 마디만 돌아왔다. 그런데 이것이 오히려 그에게 호감을 주었다. 실부는 흡족할 만큼 아편을 피우고 시계를 꺼내 보았다. 열 시가

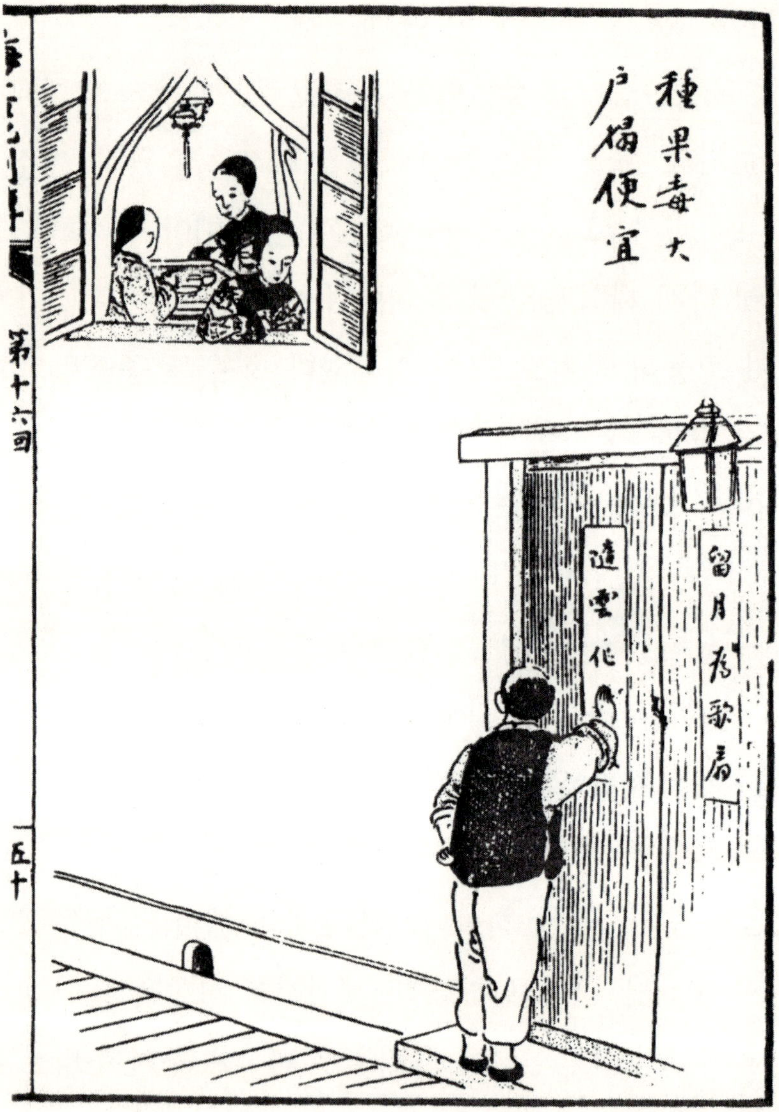
種果毒大
户偏便宜
第十六回
逢雲化
留月為歌扇

지난 것을 보고 아편 소반에 이 원을 떨어뜨리고 일어났다. 제십전이 황급히 물었다.

"뭐 하시는 거예요?"

"가야지."

"안 돼요!"

실부는 벌써 방문을 나서고 있었다. 다급해진 제십전은 쫓아 나와 실부 옷자락을 붙잡고 소리를 질렀다.

"엄마, 빨리 와!"

제삼저가 소리를 듣고 다급하게 계단을 뛰어올라 와 실부를 붙잡았다.

"이곳은 깨끗합니다. 어디가 마음에 들지 않으셔서 가려고 하셔요?"

"내일 다시 올 거야."

"내일 오실 거라면 오늘 밤에 굳이 가실 필요 없지요."

"그렇게까지는 아니고, 내일 꼭 올게."

"그러면 조금만 더 쉬세요. 뭐가 그렇게 급하세요?"

"시간이 늦었으니 내일 봐."

그는 말을 마치고 아래층으로 내려갔다. 제삼저는 그의 발길이 아예 끊어질까 억지로 붙잡지도 못하고 말했다.

"이 나리, 내일 꼭 오셔야 해요."

이 말만 되풀이했다. 제십전도 '내일 오세요.'라고 한마디 붙였다.

실부는 대충 대답을 하고 어둠을 뚫고 대흥리를 나와 회석로 장안 객잔으로 돌아왔다. 때마침 광이가 객잔으로 돌아오다 실부를 보자마자 말했다.

"넷째 나리, 어디에 가셨습니까? 아휴! 오늘 밤 엄청 시끌벅적했어요! 주 나리께서 모아희[1]를 불렀었죠. 여 대인도 다른 악단을 더 불렀고, 그런데도 우리 도련님에게도 악단을 하나 더 부르게 했다니까요. 상해탄에 있는 모아희를 모두 불렀으니까, 한 백 명 이상 되었을걸요. 제대로 된 방이 아니었다면 무너지고 말았을 겁니다! 나리께서는 왜 안 오셨어요?"

실부는 미소만 지을 뿐 대답은 하지 않고 오히려 다른 질문을 했다.

"도련님은?"

"도련님은 우여의에 가야 하니까 술은 전혀 안 하시고 술자리가 끝나자마자 곧바로 그곳으로 갔습니다."

실부는 익히 짐작하고 있었던 일이라 더 이상 말하지 않고 혼자 아편을 피우고 잠자리에 들었다.

다음 날, 아침을 먹은 뒤 화우로의 꼭대기 층으로 갔다. 그때는 아직 이른 시간이어서 비교적 한산했다. 종업원은 일없이 한가하게 있다가 실부에게 불을 붙여주고 제십전의 이야기를 꺼내기 시작했다.

"그 사람들은 여태껏 일하지 않다가 올해부터 시작했어요. 사람들이야 무슨 좋은 말을 하겠습니까마는 접대한다느니 하며 깎아내리기 일쑤죠. 나리께서는 여염집 사람을 좋아하니까 오히려 잘됐어요."

실부는 고개를 끄덕였다. 두어 번 아편을 피우고 나자, 아편객들이 줄줄이 들어왔다. 종업원은 다른 손님들 시중을 들러 갔다.

실부가 앉아서 물담배를 피우고 있는데 어제 실눈을 뜨고 다니던 그 노파가 또 더듬어가며 들어오는 것이 보였다. 그 노파는 더듬어가며 실부의 맞은편 아편침대까지 왔다. 그 아편침대에는 마침 세 사람이 아편을 피우고 있었다. 노파는 눈웃음을 지으며 말했다.

"에이, 장(長) 도련님. 둘째 아가씨는 도련님 생각에 왜 안 오시냐며 나보고 한번 가보라고 했는데, 마침 여기에 계셨네."

실부가 그 세 사람을 보니, 청람색 장삼과 검정 비단 조끼를 입고 있어 하인들이겠다 싶었다. 그 노파가 계속 수다스럽게 떠들어도 세 사람은 전혀 거들떠보지 않았다. 그러자 노파가 말했다.

"장 도련님, 나중에라도 꼭 오셔요. 다른 분들도 함께 건너 오셔요."

노파는 말을 마치고 더듬어가며 나갔다.

노파가 간 후 제삼저가 또 왔으나, 제십전을 데리고 오지는 않았다. 실부를 보자마자 말했다.

"이 나리, 저와 가시죠."

실부는 조금 성가셔져서 서둘러 말했다.

"있다 갈 테니, 자네 먼저 가게."

제삼저는 그의 뜻을 알아채고 황급히 물러나면서도 한 바퀴 돌고 나갔다.

다섯 시를 넘기고서야 아편을 다 피운 실부는 화우루를 나와 곧장 대흥리 제십전의 집으로 가서 간단하게 저녁을 했다. 이번에는 제법 친숙해졌다고 제십전과 이야기가 잘 통했다. 난새와 봉황이 서로 엉키고 넘어지는[2] 충만하고 깊은 사랑 이야기는 자세히 설명하지 않겠다.

다음 날 이른 아침, 이실부는 잠결에 흐느끼는 소리를 듣고 눈을 떠보니, 제십전이 침대 안쪽에 누워 혼자 훌쩍훌쩍 울고 있었다. 실부는 깜짝 놀라며 다급하게 물었다.

"무슨 일이냐?"

몇 번을 물어도 제십전은 대답하지 않았다. 실부는 옷을 걸치고 앉아 이런저런 생각을 해보았지만 도무지 그 이유를 알 수 없었다. 그래서 몸을 숙여 얼굴을 바짝 붙이며 물었다.

"내가 잘못을 한 게 있어서 화가 났느냐? 내가 늙은 게 싫어서 그러는 거냐?"

제십전은 손을 내저었다. 실부는 미간을 찌푸리며 말했다.

"그러면 왜 그러느냐? 말 좀 해보거라."

또 몇 번을 물었다. 그제야 제십전은 겨우 한 마디 대답을 했다.

"나리와 상관없는 일이에요."

"나와 상관없는 일이라도 말해봐."

제십전은 여전히 입을 열려고 하지 않았다. 실부는 어쩔 수 없이 옷을 입고 침대에서 내려왔다. 아래층에서 제삼저가 들고 세숫물을 떠다 주고 연등에 불을 붙였다.

실부는 얼굴을 씻으면서 제삼저를 불러 세워 제십전이 우는 까닭을 캐물었다. 제삼저는 먼저 한숨을 쉬며 말을 시작했다.

"그 애를 탓할 수 없지요. 나리께서 어떻게 아시겠어요. 제가 저 아이를 열여덟 살까지 키우면서 일이라곤 한 번도 시킨 적이 없었어요. 작년에 홍구(虹口)은루의 자식과 혼인을 했는데, 집에서도 그런대로 잘 지내고 부부 사이도 좋았어요. 그런데 어떻게 늘 좋기만 하겠어요? 그래도 올 정월에 일이 터질 거라고는 생각 못했어요. 그때부터 애가 이 일을 시작해야 했지요. 나리, 그러니 이 애가 얼마가 화가 나고 원망스럽겠어요?"

"무슨 일이길래?"

"무슨 말을 하겠어요. 하소연 해봤자 소용없는 것을요. 오히려 이 애 남편 얼굴만 깎는 꼴이지요. 그러니 아예 말 안 하는 게 나아요."

그 사이 실부가 세수를 끝내자 제삼저는 세숫물을 받아 들고 아래층으로 내려갔다. 실부는 그녀가 한 말이 아무래도 알쏭달쏭해서 탑상에 누워 아편을 피우며 골똘하게 생각했다.

잠시 뒤 제삼저가 또 올라와서 간식을 청했다. 그러자 실부는 다시 물어보았다.

"도대체 무슨 일이야? 말해보게. 내가 도울 수 있을지도 모르잖은가. 말해봐."

"나리, 만약 우리 애를 도울 수만 있다면 선행을 베푸시는 것과 진배없지요. 하지만 저로서는 말씀드리기가 그렇습니다. 나리께 말씀드린다는 게 꼭 제가 나리의 돈이나 뜯어내는 것으로 보일 수 있으니까요."

그러자 실부는 더 조바심이 났다.

"그러지 말고 할 말이 있으면 속 시원히 말해보게."

제삼저는 또 한숨을 쉬고 나서 그제야 처음부터 말해주었다.

"말하자면, 어쨌든 딸애 운수가 사나운 것이죠. 정월에 혼인 축하주를 마시러 외갓집에 간다고 하니까 남편이 체면을 세운답시고 우리 아이에게 머리장신구를 준 모양입니다. 밤에 머리맡에 두고 잤는데, 다음 날 일어나 보니 보이지 않아서 여기저기 찾아봤지만 찾지를 못했대요. 외삼촌들은 너무 놀라서 펄쩍 뛰며 찾지 못하면 차라리 생아편을 먹는 게 낫다고 야단이고, 사위집에는 시부모가 아직 멀쩡하게 살아계시는데, 뭘로 그걸 대신하겠어요? 아무리 궁리해봐도 방법이 없었지요. 그래서 우리 아이가 이 일 하는 것 말고 달리 방도가 없었던 겁니다. 만일 착한 손님을 만나서 딸아이의 불운을 보고 감싸주

실 수만 있다면 일고여덟 사람 목숨 살려주는 거지요. 저 역시 뾰족한 수가 없어서 마지못해 우리 애와 같이 일을 하는 것이고요. 나리, 생각해보셔요. 우리 아이가 남편 집에서도 그럭저럭 잘 지내는 편이고, 부부 사이도 좋은데 왜 이런 일을 해서 밥을 먹어야 하겠어요?"

제십전은 침대에서 누워 있다 제삼저의 말을 듣고 더 슬프게 울었다. 실부는 머리를 긁적이며 당황스러워 어찌할 바를 몰라 했다. 제삼저가 또 말했다.

"나리, 지금 이 일도 어려워요. 장삼 선생들은 한 절기 일만 해도 삼사백을 벌지만, 갓 일을 시작한 여염집 여자는 처음부터 그 사람들과는 비교가 될 수 없죠. 머리장신구 하나라도 챙기려면, 어디 쉬워요? 우리 애는 설핏하면 저와 이야기하다가도 일 이야기만 나오면 울어요. 일도 잘 못한다고 차라리 죽는 게 낫다고 말이죠. 좋은 날이 오긴 오겠어요!"

"나이도 어리면서 무슨 죽는다는 말을 해. 이 일은 천천히 의논해보도록 해. 어쨌든 잘 생각해보면 방법이 있을 거야. 좀 달래봐, 그만 울라고 해."

제삼저는 그의 말을 듣고 바로 침대로 올라 앉아 제십전의 귀에 대고 소곤거렸다. 제십전의 울음소리가 점점 작아지더니 옷을 입고 일어났다. 제삼저는 그제야 침대에서 내려와 웃으며 말했다.

"우리 애가 일 하면서 처음 만난 손님이 나리인 걸 보면 우리 아이 운명에도 죽으라는 법은 없는 모양입니다. 구원의 신이 그 애를 구해준 것과 다름없지요. 이 나리, 그렇죠?"

실부는 고개를 숙인 채 생각에 잠겨 한 마디도 하지 않았다. 제삼저는 갑자기 생각이 나서 말했다.

"아휴! 말하느라 잊을 뻔했네! 나리, 뭐 드시겠어요? 제가 사러 가겠어요."

"경단 두 개면 됐네."

제삼저는 황급히 나갔다.

실부는 빨갛게 부어 있는 데다 거울처럼 반질반질해진 제십전의 양쪽 볼과 퉁퉁 부어오른 눈두덩을 보고 순간 가련한 마음에 눈을 떼지 못하고 멍하니 바라보고만 있었다. 제십전은 오히려 부끄러워하며 고개를 숙이고 침대에서 내려와 실내화를 끌고 급히 뒤쪽으로 갔다.[3] 잠시 후 제삼저가 실부에게 경단을 올렸다. 제십전도 방으로 돌아와 세수를 하고 머리를 빗었다. 실부는 다시 아편을 피우고 나서 일어나 마고자를 걸쳤다. 주머니 속에서 은화 오 원을 꺼내 아편 소반에 올려놓았다. 제삼저가 물었다.

"가시게요?"

"그래."

"이제는 안 오실 거예요?"

"누가 안 온다고 했냐?"

"그러면 뭐가 그리 급하셔요?"

그리고 곧장 소반의 그 오 원을 집어다 마고자 주머니 속에 도로 넣었다. 실부는 순간 멍해졌다가 물었다.

"머리핀을 해결해달라는 거냐?"

제삼저가 웃으며 말했다.

"아니에요! 제가 은화를 가지고 있다가 만에 하나 다 써버리면 모을 수 없으니 이 나리께 맡겨두는 거예요. 며칠 뒤에 한꺼번에 저에게 주세요. 괜찮죠?"

실부는 비로소 고개를 끄덕이며 '좋아'라고 말했다. 제십전은 당부의 말을 했다.

"있다 꼭 오셔요."

실부도 대답을 하며 마고자를 고쳐 입고 아래층으로 내려가 문을 나와 석로 장인 여관으로 돌아왔다. 뜻밖에도 이학정이 벌써 돌아와 있었다. 이학정은 실부를 보고 자기도 모르게 히죽 쪼갰다. 실부는 멋쩍어했다. 광이도 히히거리며 초대장 한 장을 올렸다. 실부가 보니 요계순이 저녁에 상인리 위하선의 집에서 마련하는 술자리였다. 학정이 물었다.

"가실 겁니까?"

"너나 가, 나는 안 가."

잠시 후, 객잔의 사환이 점심을 들고 왔다. 삼촌과 조카 두 사람은 식사를 끝내고 이실부는 혼자 아편을 피우러 화우루로 가고, 이학정은 상인리 양원원의 집으로 갔다. 방에 들어가니 아주머니 성저(盛姐)가 창가 탁자에 기대어 머리를 빗고 있고 양원원은 침대에서 자고 있었다. 학정은 침대로 다가가 휘장을 걷어 손을 뻗어 만지려고 하는데, 양원원이 깜짝 놀라 깨며 몸을 뒤척여 학정의 손을 잡아끌었다. 학정은 곧바로 침대 가장자리에 걸터앉았다.

"어제저녁 몇 시까지 도박을 했어요?"

"오늘 아홉 시까지 하고 막 해산했어. 그래서 한숨도 못 잤어."

"땄어요?"

"잃었어."

"참, 잘해요! 여태껏 당신이 땄다는 소리를 들어본 적이 없어요. 그런데도 또 그들과 도박을 해요."

"그만해. 빨리 일어나기나 해, 우리 마차 타러 가자."

학정은 양원원이 옷을 걸치고 일어나 앉자 그녀를 꽉 껴안았다. 그런데 그녀는 오히려 학정을 밀쳤다.

"저리 가요!"

학정이 웃으며 말했다.

"내가 여기에 앉아 있겠다는데, 무슨 상관이야."

원원도 웃으며 말했다.

"전 싫어요!"

그때 마침 남자 하인이 물주전자를 들고 오자 학정은 그제야 물러나며 직접 연등에 불을 붙이고 아편을 피웠다. 성저는 머리를 다 빗고 바삐 찻잔을 가져다 놓고 수건을 짜서 올렸다. 양원원이 머리를 빗고 식사를 마치자 모든 준비가 마무리 되었다. 그런데 날씨가 갑자기 흐려지더니 금방 비가 내릴 것 같았다.

"마차 타지 말고 좀 주무세요."

학정은 고개를 저었다. 성저가 말했다.

"우리는 꽃패[4] 둘 건데, 도련님은 어때요?"

"좋아. 또 누가 있어?"

"위층 조계림(趙桂林)도 꽃패 두는 거 아주 좋아해요."

성저는 서둘러 그녀를 부르러 갔다. 조계림은 즉시 성저와 함께 내려왔다. 양원원은 학정에게 웃으며 말했다.

"꽃패 둔다고 하니까 죽을 둥 살 둥 급히 뛰어내려 오는데 어쩐지 당신 이삼만 원 잃고도 여전히 힘이 남아돌더라니!"

조계림은 양원원을 한 번 툭 치고 웃으며 말했다.

"말하는 거 하고는!"

학정은 조계림을 훑어보았다. 대략 스물대여섯 정도에, 얼굴은 아편으로 누렇게 떠 있고 홀쭉하게 여위었다. 조계림도 얼떨결에 학정에게 몇 마디를 건넸다. 성저는 벌써 탁자를 들고 와서 펴고 죽패와 상아 산가지를 꺼내 왔다. 이학정, 양원원, 조계림, 성저 네 사람은 자리를 옮겨 앉아 패를 꺼내 들었다.

학정은 조계림의 오른손 손가락 두 개가 마치 석탄처럼 검게 된 것을 보고 아편에 심하게 중독되었다는 것을 알 수 있었

打花和小孃陪消遣

다. 그래서 속으로 이런 기녀에게 찾아올 손님이 있을까 싶었다. 뜻밖에 네 번째 패를 돌리는데 조계림에게 때마침 손님이 찾아오고, 이어서 위하선의 집에도 학정을 청하는 초대장이 왔다. 그래서 모두들 '그만하자'고 했다. 산가지를 세어보니, 학정이 딴 걸 보고 양원원이 웃으며 말했다.

"당신은 이삼만 원 잃고 와서 우리한테 겨우 이삼 원 따서 가네요. 정말 어이없어!"

학정도 자신이 우스웠다. 조계림은 혼자 이 층으로 올라가고 성저는 자리를 깨끗이 정리했다.

학정은 남자 하인이 남포등을 켜는 것을 보고 위하선의 집으로 갔다. 문 앞에 이르자 마침 저쪽에서 건너오는 주애인과 만나 함께 올라갔다. 요계순은 그들을 맞이하며 자리를 권하고 위하선은 수박씨를 올렸다. 이학정이 요계순에게 말했다.

"넷째 숙부님께서는 감사의 말씀을 대신 전하셨습니다."

주애인도 말했다.

"도씨 형제들도 성묘 가느라 오지 못했네."

"사람이 너무 적은데요."

그때 또 초대장 두 장을 써서 여자 하인 아교에게 주었다. 아교는 들고 내려가서 경리에게 보여주었다. 경리가 소리 내어서 읽었다.

"공양리 주쌍주의 집 홍 나리를 초대합니다."

또 다른 한 장을 읽으려는데 뜻밖에 주애인의 집사 장수가 한쪽에 앉아서 듣고 있다가 불쑥 튀어나오며 말했다.

"홍 나리는 내가 갈게."

장수는 날래게 그 초대장을 낚아채 갔다.

---

1 髦兒戱 : 여자 경극반

2 전난도봉(顚鸞倒鳳) : 남녀가 뒤엉키는 모양

3 침상 뒤에 볼일을 볼 수 있는 공간이 있다.

4 알화(挖花) : 종이 패나 골패로 하는 마작의 하나

17

일부러 딴청을 부리며 늙은 어미를 속이고, 무슨 낯으로 조카를 엄중하게 꾸짖을 것인가

別有心腸私誐老母 將何面目重責賢甥

장수는 초대장을 받아 들고 공양리 주쌍주의 집으로 갔다. 대문을 들어서니 아덕보가 응접실에서 입담배를 입에 물고 다리를 꼬고 앉아 있었다. 장수는 별 수 없이 앞으로 다가가서 초대장을 탁자 위에 내려놓으며 말했다.

"홍 나리 초대장이요."

아덕보는 초대장은 거들떠보지 않고 한 마디 툭 던졌다.

"안 계셔. 그냥 두고 가."

장수는 그냥 물러날 수밖에 없었다. 그런데 아덕보는 냉소를 짓고 쩌렁쩌렁 큰 소리로 말했다.

"요즘 새로운 유행이 등장했나 보군. 이제 기루는 하인이 쓸모가 없겠구먼!"

장수는 못 들은 척하며 고개를 숙이고 재빨리 나왔다. 공양리 골목 어귀에 막 이르렀을 때, 바로 홍선경과 맞닥뜨렸다. 장수는 급히 한쪽으로 비켜서며 요계순 나리가 초대하였다고 아뢰었다. 홍선경이 고개를 끄덕이며 대답을 하자 장수는 이내 그곳을 빠져나갔다.

홍선경은 먼저 주쌍주의 집에 가서 응접실에서 초대장을 읽고 난 뒤에 위층으로 올라갔다. 마침 기생어미 주란이 방에서 주쌍주와 마주 앉아 이야기를 나누고 있었다. 선경이 들어오자 주란은 '홍 나리' 하며 인사를 하고 바로 일어났다. 그리고 쌍주에게 말했다.

"네가 그 애에게 말 좀 해봐, 그래도 네 말은 듣잖아."

그리고 주란은 아래층으로 내려갔다. 선경이 쌍주에게 물었다.

"엄마가 무슨 말을 하는 거야?"

"쌍옥이가 몸이 좀 불편하다네요."

"자네더러 무슨 말을 해달라는 거야?"

"쌍보가 쓸데없는 말들을 지껄여서 그렇죠. 쌍보도 나빠요. 아무리 기를 써봐도 이기지 못하면서 체면은 세우고 싶어 하잖아요. 쌍옥과 부딪혔다 하면 사소한 것 하나도 양보하지 않으려고 하니, 그 두 사람은 같이 있으면 잘 지낼 수가 없어요."

"쌍보가 어떻게 체면을 세우려고 했다는 거냐?"

"쌍보가 이런 말을 했대요. '쌍옥이 은담뱃대가 없다고 내 방에 있는 걸 가져다 줘버리고, 쌍옥이 외출 때 입은 그 옷은 나도 입었던 거야.' 그런데 이 말이 쌍옥의 귀에 들어갔나 봐요. 그래서 쌍옥이 옷도 입지 않겠다, 은담뱃대도 필요 없다고 하더니, 오늘은 아프다며 하루 종일 침대에서 일어나지도 않는대요. 쌍보를 혼내고 나서 엄마가 저더러 쌍옥에게 가서 달래보라고 하잖아요."

"어떻게 달래려고?"

"저도 그 애 달래는 게 내키지 않아요. 쌍옥 이 애도 짜증나긴 마찬가지니까. 겨우 몇 번 술자리에 불려 나간 것 가지고 자신이 대단하다고 뽐내고 쌍보를 때리고 욕하는 거 보면, 쌍보가 자기가 사 온 기녀쯤 되는 걸로 알고 있다니까요!"

"쌍옥이도 좀 심하긴 하네. 자네가 팔려 온 기녀가 아니라서 다행이지, 안 그랬으면 자네도 무시당했을 거야."

"저하고는 사이가 좋아요. 무슨 말을 해도 잘 듣거든요. 엄마 말보다 더 잘 들어요."

이때 아래층에서 아덕보가 소리쳤다.

"쌍옥 선생 술자리 있습니다."

이 층에 있던 교건이 건넛방에서 대답했다.

"갑니다."

선경은 곧 쌍주에게 말했다.

"달래러 갈 필요 없겠다. 나가야 하니까 별 수 없이 일어나겠지.”

“안 일어날 거예요. 좀 기다려봐요. 일 안 하겠다고 버틸걸요. 어린 기녀랍시고, 그 애 성질대로 따라갔다가 며칠 뒤에 그 애 세상이 되고 말 거예요!”

바로 그때, 갑자기 아래층에서 주란이 욕을 퍼부으며 쌍보의 방으로 가는 소리가 들렸다. 그리고 ‘퍽퍽’ 하는 소리가 나고, 이어 울음소리가 났다. 주란이 쌍보를 때리고 있다는 것을 알 수 있었다. 그러자 쌍주가 말했다.

“우리 엄마도 불공평해. 때리려면 쌍옥도 때려야지. 쌍옥이 조금만 잘해도 그저 기특해서 죽어라 좋아하고, 장사가 잘 안 되면 이렇게 혹독하니 말이에요.”

선경이 말을 열려고 하는데 마침 교건이 건너왔다. 쌍주가 물었다.

“한바탕 하고선 왜 또다시 때린대?”

교건이 목소리를 낮추어 말했다.

“쌍옥이 안 나가겠다고 하니까 그렇죠. 선생님이 가서 한 번 달래보세요. 나가는 게 좋다고 말이죠.”

쌍주는 냉소를 짓고 꼼짝 않고 앉아 있었다. 그런데 선경이 갑자기 일어나며 말했다.

“내가 가서 달래볼게. 그러면 분명히 갈 거야.”

그는 주쌍옥의 방으로 건너갔다. 쌍옥은 침대에 누워 자고 있었다. 침대 앞 등불 하나만 켜져 있어 어두컴컴했다. 선경은 웃으며 말을 붙였다.

"어디 몸이 불편하냐?"

쌍옥은 억지로 '홍 나리' 하며 인사를 했다. 선경은 침대에 걸터앉았다.

"나가야 한다고 들었는데?"

"아파서 못 나가겠어요."

"아프다면야 안 가는 게 낫지. 그런데 네가 가지 않으면 네 엄마도 별 수 없어. 쌍보를 대신 보내는 수밖에. 쌍보가 대신 나가는 것보다 차라리 네가 가는 게 낫지 않아?"

쌍옥은 쌍보가 대신 나간다는 말을 듣고 마음이 조급해졌다. 그래서 곰곰이 생각하다 말을 꺼냈다.

"맞아요. 갈게요."

쌍옥은 금방 일어나 앉았다. 선경도 흐뭇해하며 급히 교건을 불러 등을 켜고 정리하라고 했다. 선경은 다시 쌍주의 방으로 왔다. 쌍주에게 쌍옥이 나간다는 말을 해주었다.

"잘하셨어요."

마침 아금이 저녁을 가져와서 방 한가운데 탁자 위에 차렸다. 선경이 쌍주에게 말했다.

"자네도 저녁 들어. 준비가 되는 대로 나가봐야지."

"저녁 먹고 또 술 마시러 가신다는 거예요?"

"나 먼저 갈게. 저녁은 다음에 하지 뭐."

"도착하는 대로 불러주세요. 저녁 먹고 세수하고 얼른 서둘

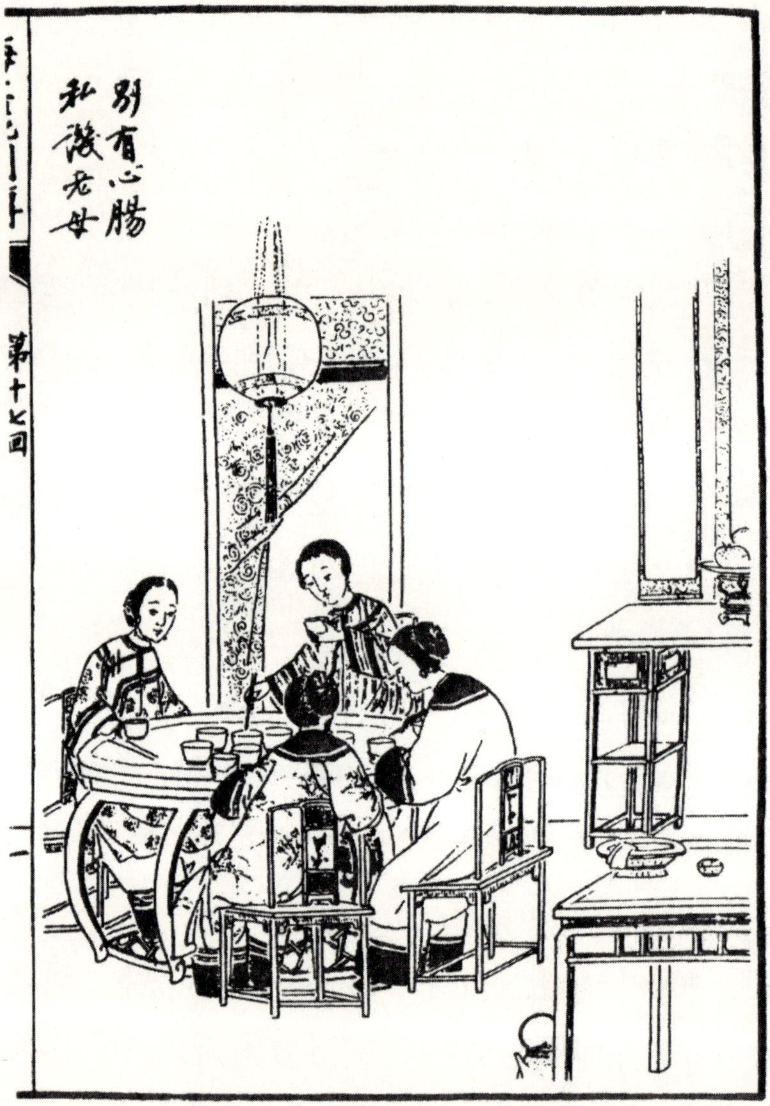
別有心腸
私譏老母
第十七回

게요."

선경은 대답을 하고 혼자 술자리가 있는 상인리 위하선의 집으로 갔다. 쌍주는 방 가운데 앉아 아금에게 쌍옥한테 가서 저녁 식사는 어떻게 하려는지 물어보라고 했다.

"저녁 먹을 거면 여기서 같이 먹자고 해."

쌍옥은 쌍보가 맞았다는 말을 듣고 기분이 한결 나아졌고 게다가 언니가 특별히 아주머니를 보내 함께 저녁을 하자고 해서 이때다 싶어 잘 보이려고 흔쾌히 승낙을 했다. 그녀는 기분 좋게 들어와서 쌍주와 마주 보고 앉았다. 아금과 교건도 탁자 끝에 걸터앉아 네 사람이 함께 식사를 했다. 식사를 하는 도중에 쌍주가 쌍옥에게 정색하고 말했다.

"쌍보는 철딱서니 없이 마구 지껄여대. 말하는 거 봐. 나도 그 애를 보고 있으면 아주 얄미워. 너는 쌍보와 비교도 안 돼. 일도 잘하지, 엄마도 널 좋아하지. 그러니 좀 넘어가. 다음에 혹시 쌍보가 듣기 싫은 말을 하면 엄마한테 이르지 말고 나한테 말해."

쌍옥은 쌍주의 말을 듣고 한 마디도 하지 않았다. 쌍주는 다시 미소를 지으며 말했다.

"너는 내가 쌍보 편을 든다고 생각하니? 아니야. 지금이야 우리는 기루에 있는 기녀지만 몇 년 뒤면 시집가야 하잖아. 여기 기녀로 있을 때야 네 능력을 믿고 지지 않으려고 애쓴다고 생각하겠지만, 잘나가는 것도 한계가 있어. 이렇게 생각하면 좀 양보해도 괜찮잖아?"

쌍옥도 웃으며 대답했다.

"그건 언니가 공연히 걱정하는 거예요. 저는 멍청해서 좋은 말, 나쁜 말을 구분 못 하니 정말 괜찮아요! 언니가 다 잘되라고 하는 말인데 언니를 어떻게 오해하겠어요. 그러니 '이렇게'라고까지 말할 게 있나요?"

"알고 있으면 됐다."

이런저런 대화를 하는 동안 모두 식사를 마쳤다. 교건은 쌍옥을 재촉하여 바삐 채비를 하고 나가고 쌍주도 세수를 했다. 쌍주는 아홉 시 즈음에 홍선경이 부르는 국표를 받았다. 또 한 장은 쌍옥을 부르는 국표였다. 위하선의 집에서 주 씨라는 손님이 부르는 것을 보니 분명 같은 술자리라고 짐작되었다. 쌍주는 쌍옥을 기다리지 않고 아래층으로 내려가 먼저 나갔다. 문 앞에서 가마를 타려는데 마침 쌍옥이 돌아왔다. 그래서 쌍옥에게 말을 하고 가마를 돌려 함께 갔다. 위하선의 집에 도착하니 홍선경이 한 젊은이를 가리키며 쌍옥에게 말했다.

"바로 주 씨 다섯째 도련님이 너를 부르셨다."

쌍옥은 건너가 앉았다. 쌍주가 자리에 있는 일곱 명의 손님을 보니 주인 요계순 외에 이학정, 왕연생, 주애인, 진소운 등 모두 잘 아는 손님들이었다. 다만 이 젊은이는 생소하여 홍선경에게 슬쩍 물어보았다. 그제야 주쌍주는 그가 주애인의 어린 동생 숙인(淑人)이며, 열여섯으로 아직 혼인하지 않았다는 사실을 알게 되었다. 쌍주가 그 젊은이를 보니 눈매가 맑고 수려한 게 인물이 빼어난 젊은이였다. 주애인과도 조금 닮긴 했지만 그는 수줍음이 많았다. 그는 안절부절못하며 자리에 앉아 있었다. 교건이 물담배를 채워주어도 피우지 않았다. 그래서 교건은 왕연생에게 주었다.

그때 요계순이 주애인과 화권을 하려고 했다. 주숙인은 주애인의 아래쪽에 앉아서 화권을 하는 틈으로 몰래 주쌍옥을 훔쳐보았다. 순간, 쌍옥도 그를 몰래 보다 두 사람의 눈이 마주치고 말았다. 쌍옥은 미소를 지었지만, 숙인은 부끄러워 고개를 돌렸다.

주애인과 화권을 다섯 번 하고 난 뒤 요계순은 이번에는 주숙인과 하려고 했다. 숙인은 사양을 했다.

"할 줄 모릅니다."

그러자 요계순이 말했다.

"못 할 게 뭐야?"

주애인도 말했다.

"한번 해봐."

주숙인은 마지못해 손을 내밀었다. 처음 세 번은 이기고 두 번은 졌다. 주숙인이 잔을 잡으려고 하는데 주쌍옥이 뒤에서 소매를 잡아당기며 말했다.

"제가 마실게요."

전혀 예기치 못했던 주숙인은 화들짝 놀라서 순간 손에 힘이 빠져 은계항배를 떨어뜨리고 말았다. 그 잔이 탁자에 떨어지면서 주쌍옥에게 튀어 옷이 젖고 말았다. 주숙인은 당황하여 손수건으로 닦아주었다. 그러자 주쌍옥은 입을 가리고 웃으며 말했다.

"괜찮아요."

교건은 얼른 잔을 주웠다. 다행히 은잔이라 깨지지는 않았다. 사람들은 모두 그 광경을 보고 한바탕 웃었다. 주숙인은 금세 얼굴이 발개졌다. 그는 술도 못 마시고 고개를 푹 숙인 채 손을 움츠리고 한쪽으로 물러났다. 그러나 숨을 곳은 없었다. 교건이 물었다.

"저희가 벌주로 미리 두 잔 마셔도 될까요?"

주숙인은 그녀의 말이 전혀 귀에 들어오지 않았다. 주쌍옥은 교건의 손에서 잔을 받아 대신 마시고 교건도 대신 한 잔을 마셨다. 술자리에 기녀들이 모였으나 주쌍옥은 다른 곳으로 가야 해서 주쌍주를 남겨두고 인사를 하고 먼저 나섰다. 주쌍주는 요계순이 시끌벅적한 술자리를 좋아하는 것을 익히 알고 있어서 홍선경의 화권이 끝나고 나서야 돌아갔다.

주쌍주가 나간 후에도 요계순은 여전히 흥이 나서 좀체 손을 내려놓으려 하지 않았다. 홍선경은 이미 술기운이 약간 오른 데다 창밖에는 주룩 주룩 빗소리가 들려오고 여기서 더 취하면 곤란하겠다는 생각이 들었다. 그래서 아무도 눈치 못 채게 술자리를 빠져나와 곧장 북쪽으로 해서 상인리를 나왔다.

그리고 인력거를 잡아타고 돌아서 공양리에 도착하여 주쌍주의 집으로 갔다. 방에 들어가니 주쌍주 혼자 상아 마작으로 오관을 하고 있었다.

선경은 마고자를 벗어 빗물을 털어내고 아금에게 옷장에 걸어두라고 했다. 선경은 자리에 앉아 건넛방을 보았다. 아직도 어두컴컴한 것을 보니 주쌍옥이 아직 돌아오지 않은 모양이었다. 주쌍주가 아금에게 말했다.

"정리 다 했으면 가봐."

아금은 대답을 하고 급히 담배와 차를 준비하고 이불을 펴고 등불을 껐다. 선경이 웃으며 말했다.

"시간도 아직 이르고 쌍옥도 돌아오지 않았는데 뭐가 그리 급해?"

"아덕보가 보채잖아요. 비가 와서 당신이 올 거라는 걸 알고 잠시 기다리라고 했죠. 지금 안 가면 또 한바탕 할 거예요."

선경은 자기도 모르게 웃음이 나왔다. 아금이 나가자마자 쌍옥이 돌아왔다. 이어 차를 마시는 손님들이 쌍옥의 방으로 우르르 몰려가서 떠들썩하게 이야기하고 웃고 떠들었다.

이쪽에서 쌍주는 오관을 다 끝내고도 잠이 오지 않아 선경과 마주보고 비스듬히 탑상에 누워 꼬챙이로 아편에 불을 붙이며 한담을 나누었다.

"왕 나리가 장혜정을 부른 거 심소홍은 알고 있어요?"

"왜 모르겠어! 심소홍은 돈만 있으면 원래 질투 같은 것도 하지 않아."

"심소홍은 꼭 우리 쌍옥 같아요."

"쌍옥이 누구를 질투했어?"

"질투를 말하는 게 아니에요. 그 두 사람은 능력도 있으면서 기를 쓰고 지지 않으려고 하잖아요. 시집은 안 가고 마치 평생 기녀로 살 것처럼 말이죠."

바로 그때, 쌍옥이 불쑥 이 방으로 건너왔다. 그녀는 은담뱃대를 쌍주에게 보여주며 물었다.

"이 담뱃대 어때요?"

쌍주가 보니 그 담뱃대는 경성점 물건으로, 손님이 그녀에게 새로 사준 것임을 짐작할 수 있었다.

"얼마짜리야?"

"이십육 원이라고 하던데, 비싼 거예요?"

"그 모양에 그 가격이면 괜찮아."

쌍옥은 그 말을 듣고 기분이 더욱 좋아져서 담뱃대를 들고 손님을 접대하러 다시 그녀의 방으로 돌아갔다. 쌍주는 그 모습을 보고 말했다.

"뽐내는 것 좀 봐요!"

"그 애가 장사를 잘하기만 하면 더 이상 좋을 게 없지. 자네 한 사람에게만 의지해서 장사를 하면 어쨌든 고생이잖아?"

"그야 그렇죠. 저도 그 애가 장사를 잘하기만을 바랄 뿐이에요."

이제 건넛방에서 차 마시던 손님들이 한바탕 떠들썩거리며 나가자 사방이 조용해졌다. 쌍주는 머리장신구를 뽑고 자려고 하는데 아래층에서 쌍보가 방에서 누군가와 이야기를 나누며 간간히 훌쩍거리는 소리가 들렸다. 선경이 말했다.

“쌍보가 울고 있는 거 아니냐?”

쌍주가 콧방귀를 끼며 말했다.

“이렇게 울고 있으면 쓸데없는 말은 하지 않겠죠.”

“누구와 있어?”

“손님이죠.”

“쌍보도 손님이 있었나?”

“이 손님은 괜찮은 사람이에요. 쌍보에게도 잘하고. 쌍보가 마음을 정하지 못해서 그렇죠.”

선경은 그 손님의 성씨를 물었다.

“예씨라고, 대동문 광형남화점 주인의 아들이에요.”

선경은 더는 묻지 않고 문을 닫고 잤다. 그러나 아래층 쌍보는 그 손님과 이야기하며 계속 울었다. 무슨 말인지 알아들을 수 없지만 끊겼다가 이어지는 소리가 아주 처량하여 선경은 뒤척이며 제대로 잠을 이루지 못했다. 네 시를 알리는 종소리가 들렸다. 아래층도 조용해졌다. 그제야 선경은 몽롱해지더니 잠이 들었다. 뜻밖에 선경은 여덟 시를 훨씬 넘기며 잠을 잤다. 꿈속 남가군에서 금지공주와 함께 평원에서 한참 사냥하고 있는데, 갑자기 아금이 문을 열고 들어와 나직한 소리로 그를 불렀다.

"홍 나리."

쌍주가 먼저 놀라 깨어나 아금에게 물었다.

"무슨 일이야?"

"누가 찾아왔어요."

쌍주는 선경을 흔들어 깨우며 알렸다. 선경이 물었다.

"누구야?"

아금도 모르는 사람이라고 했다. 선경은 도무지 누군지 짐작되지 않아 급히 옷을 입고 침대에서 내려와 실내화를 신었다. 방을 나서며 아금을 불렀다.

"올라오라고 해라."

아금이 그 사람을 이 층 응접실로 데리고 왔다. 얼굴을 봐도 누군지 몰라서 물었다.

"무슨 일로 날 찾아왔는가?"

그 사람이 말했다.

"저는 보선가 열래여관에서 일하는 사람입니다. 혹시 저희 손님 조박재의 친척이 아니신가요?"

"그런데?"

"어제 저녁 조 선생이 신가에서 싸움을 하다 머리를 다쳐 피범벅이 된 것을 순포가 발견하고 인제병원으로 보냈다고 합니다. 오늘 제가 살펴보러 갔더니 저더러 홍 선생을 찾아가 보라고 했습니다."

"무슨 일로 싸웠다던가?"

그 사람이 웃으며 말했다.

"그건 저도 모릅니다."

선경은 십중팔구 짐작을 하고 한참 생각하다가 말을 꺼냈다.

"알았네. 괜히 자네를 번거롭게 했네. 있다가 가보겠네."

그 사람은 바로 아래층으로 내려갔다. 선경은 방에 들어와 세수를 했다. 쌍주가 침대 휘장 안에서 물었다.

"무슨 일이에요?"

선경은 대충 둘러대며 말했다.

"별일 아니야."

"가시려면 간식이라도 조금 드시고 가세요."

선경은 아금에게 '탕포'[1] 열 개를 주문하라고 해서 간식으로 먹고 나서 쌍주에게 말했다.

"나는 갈 테니 좀 더 자도록 해."

"나중에 일찍 와요."

선경은 대답을 하고 마고자를 걸치고 아래층으로 내려갔다. 밤새 내린 비가 막 그쳐 아침 햇살이 눈부셨다. 그야말로 화창한 날씨였다. 선경이 인제병원으로 가서 조박재를 찾자 어느 한 사람이 위층으로 안내했다. 한쪽 문을 열고 들어가니 널찍한 서양식 방이 있었다. 예닐곱 개의 철제 침대가 두 줄로 놓여 있고 환자 몇 명이 어수선하게 누워 자고 있었다. 서양

將何
面目
重見
賢甥

비단 휘장은 사면 전체를 말아 올려서 침대 꼭대기에 묶여 있었다. 조박재는 머리와 손에 붕대를 감고 책상다리를 하고 안쪽에 있는 침대 위에 앉아 있었다. 선경을 보자 급히 침대에서 내려와 '외삼촌' 하고 부르는데, 얼굴에는 부끄러워하는 기색이 역력했다. 선경은 침대 앞에 놓인 등받이 없는 등나무 의자에 앉았다. 조박재는 사건의 전말을 이야기해주었다. 그 이야기인즉, 서 씨와 장 씨라는 두 명의 깡패에게 맞아 머리를 다치고 크게 손해를 봤다는 것이었다. 그러나 우물쭈물 구시렁대는 통에 말이 분명하지 않았다. 선경이 말했다.

"어쨌든 네 잘못이야. 뭐 하러 신가에는 갔느냐? 네가 신가에 가지 않았는데 여관에까지 찾아와서 너를 때렸겠느냐?"

그 말에 박재는 말문이 막히고 말았다.

"지금은 다른 말 필요 없다. 좀 나으면 빨리 고향으로 돌아가. 상해에 다시는 오지 마라!"

박재는 한참 머뭇거리다가 여관에 방세와 밥값을 지불하지 못해 짐을 저당 잡혔다는 말을 했다. 선경은 또 한바탕 꾸짖고 나서 여관 방세와 밥값 그리고 고향으로 돌아갈 여비를 계산해서 오 원을 박재에게 주며 절대 미적거리지 말고 빨리 돌아가라고 했다. 박재는 '아니요'라는 말을 어떻게 감히 꺼낼 수 있을까, 그저 그렇게 하겠다고 대답했다.

선경은 재삼 당부를 하고 인제병원을 나섰다. 가게로 가서 해야 할 일들이 떠올라 바로 남쪽을 향했다. 타구교 가까이 다

다를 즈음 바로 눈앞에서 한 사람과 맞닥뜨리는 바람에 깜짝 놀라고 말았다. 알고 보니 바로 도운보의 동생 도옥보였다. 그는 아예 다른 곳에는 신경을 쓰지 않고 고개를 숙이고 급히 걸어가고 있었다. 선경은 그를 붙잡으며 물었다.

"가마도 타지 않고 하인도 없이 혼자 무슨 일로 그리 급히 가는가?"

도옥보는 그제야 고개를 들어 선경을 보았다. 그리고 급히 예를 갖추고 인사를 했다. 선경이 물었다.

"동흥리(東興里)에 가는 길이냐?"

옥보가 미소를 머금고 고개를 끄덕였다. 선경이 말했다.

"그러면 인력거를 타고 가."

선경은 곧바로 인력거 하나를 불러 세웠다.

"차비는 있나?"

옥보가 다시 웃으며 고개를 끄덕였다. 선경은 마고자 호주머니에서 동전을 꺼내 옥보에게 주었다. 옥보는 선경의 호의를 물리치지 못하고 마지못해 선경의 뜻을 따라 인력거에 올라탔다. 선경도 인력거를 불러 타고 함과가의 영창삼점으로 돌아갔다.

홍선경과 헤어진 도옥보는 곧장 사마로를 달려 동흥리 입구에서 내렸다. 옥보는 동전을 모두 인력거꾼에게 주고 골목으로 들어가 이수방의 집으로 갔다. 마침 아주머니 대아금(大阿金)이 마당에서 옷을 빨고 있다가 옥보를 보고 말했다.

"둘째 도련님 오셨네요. 그런데 계복(桂福)은 만났어요?"

"아니."

"계복이 도련님 모시러 갔잖아요. 도련님 가마는 어디 있어요?"

"안 타고 왔어."

대아금이 주렴을 걷어 올리자 옥보는 발소리를 죽이며 방으로 들어갔다. 이수방은 연녹색 숙라 휘장이 드리워진 침대에서 자고 있고 여자 하인 아초(阿招)는 옷장, 탁자, 의자 등을 닦고 있었다. 옥보는 이수방이 깊이 잠든 것을 보고 조용히 하라고 손짓을 하며 교의에 앉았다. 아초는 나지막한 소리로 말했다.

"어제 밤새도록 한숨도 못 주무셨어요. 잠들었다가도 깨어나고, 깨어나서 계속 기침을 하다가 날이 밝고서야 겨우 잠들었어요."

옥보가 다급히 물었다.

"열은?"

"열은 없어요."

옥보는 또 손을 저으며 말했다.

"조용히 해. 좀 더 자게."

그런데 갑자기 침대에서 자고 있던 이수방이 또 기침을 시작했다.

1 湯包 : 물기나 기름기가 많아 국물 상태처럼 된 소고기 찐만두

18

조끼를 걸쳐주는 호의는 정을 돈독하게 하고, 쌍대를 마련하여 재산을 늘려주는 것은 화를 누그러뜨리게 하다

添夾襖厚誼即深情 補雙橐阜財能解慍

도옥보는 이수방의 기침 소리를 듣고 황급히 침대로 가서 휘장을 걷어 올렸다. 수방의 안색을 살피려는데, 수방이 돌아누워 그를 보더니 한참을 째려보다 말고 한숨을 쉬었다. 옥보는 연신 물었다.

"어디가 불편해? 어디가 불편한 거야?"

수방은 대답 대신 다른 말을 했다.

"당신은 좋아 보이는군요! 어제 돌아오는 대로 곧장 여기로 오라고 몇 번이나 말했는데, 당신은 항상 내 말을 무시해요. 무슨 말을 해도 당신에게는 귓가에 스쳐 지나가는 바람일 뿐이잖아요!"

옥보는 다급하게 해명을 했다.

"아니야. 어제는 늦게 돌아온 데다 집에 친척들까지 찾아오셨어. 형님께서 '무슨 중요한 일이길래 한밤중에 성 밖에 나가려는 거냐?'고 말씀하시는데 내가 무슨 대꾸를 하겠어?"

수방은 콧방귀를 뀌었다.

"거짓말! 내가 당신 성격 몰라요? 바깥에 애인이 있다고 하면 억울한 누명이라고 하겠죠. 어쨌든 당신은 한 번 나갔다 하면 내 생각은 전혀 안 하잖아요. 내가 죽든 말든 당신과 상관없다 이거죠?"

옥보는 웃음을 띠고 말을 이었다.

"내가 생각을 안 했다면 어제 하룻밤뿐이야. 오늘 생각을 했으니까 이렇게 왔잖아."

"당신이야 괜찮죠. 한번 잠들었다 하면 잠에 취해 날 밝을 때까지 자니까 하룻밤이 금방 지나가겠죠. 잠을 못 자고 꼬박 밤을 새면, 하룻밤이 일 년보다 훨씬 더 길다는 것을 당신이 알기나 하겠어요."

"어쨌든 너를 힘들게 한 것은 내 잘못이야. 화내지 마."

수방은 또 기침을 하고 천천히 말을 이어갔다.

"어제 밤은 날씨도 짜증나게, 비가 계속 내렸잖아요. 완방은 술자리에 나가고, 아초는 엄마 아편 담배 채워주러 가고, 대아금은 여기에 혼자 남아 졸고 있기만 하고, 그래서 정리하고 자러 가라고 했죠. 대아금이 나가고 혼자 탑상에 앉아 있는데 비는 더 세차게 내리고, 바람도 세차게 불어 꼭 사람이 유리창을 두드리는 것처럼 덜컹덜컹 거리고 창문 휘장까지 내 얼굴 쪽으로 말려 올라가는 바람에 깜짝 놀라 까무러칠 뻔했어요! 그래서 억지로 자려고 침대에 누워보았지만 어디 잠을 잘 수가 있어야지요. 옆방 사람들이 막 술자리를 펼쳐서 화권 하는 소리, 노랫소리 때문에 시끄러워서 머리가 지끈거릴 정도였다구요. 술자리가 끝난 뒤에는 탁자 자명종 소리가 째깍째깍거리며 아무리 안 들으려고 해도 귓전으로 계속 파고들어 도무지 잠을 잘 수 없어서 다시 일어났죠. 그런데 비는 계속 내리고 날은 영원히 밝아올 것 같지 않은 거예요. 두 시 반쯤 되었을까, 자려고 하는데 그때 마침 당신이 왔다는 거예요. 가마 하나가 응접실로 들어오고 당신이 가마에서 내리는 게 보였어요. 그런데 당신은 나를 본 척도 하지 않고 곧장 밖으로 뛰쳐나가 버리는 거 아니겠어요? 당신을 다급하게 부르다가 그만 잠에서 깨어났죠. 잠에서 깨어나서 들어보니 응접실에 정말로 가마가 있는지, 신발소리가 들리고 여러 사람들이 있는 것 같았어요. 그래서 급히 일어나서 옷도 제대로 걸치지 않고 문을 열고 나가서 '둘째 도련님이시니?'라고 물으니까, 하인이 '무슨 둘째 도련님 오셨다는 건가요?'라고 하는 거예요. '그러면 가마는 누가 타고 온 거야?'라고 하니까, '완방 아가씨가 나갔다 타고 온 거잖아요.'라고 하는 거예요. 공연히 하인들의 웃음거리가 된 것 같아 잠이 덜 깨서 그렇다고 둘러댔죠. 다시 자려고 하는데, 기침 때문에 날이 밝도록 전혀 자지 못했어요."

옥보는 미간을 찌푸리며 말했다.

"왜 이래! 네 스스로 건강을 챙겨야 해. 어젯밤 바람이 얼마나 세게 불었는데 한밤중에 옷도 제대로 입지 않고 문밖을 나가다니, 안 추웠어? 네 스스로 건강을 챙겨야지. 안 그러면 내가 매일 너를 보살펴준다고 해도 아무 소용없어."

수방은 웃으며 말했다.

"당신이 매일 나를 돌봐준다고요, 당신도 별수 없이 말만 하는 군요. 나도 내가 박복한 운명을 타고났다는 것쯤은 잘 알고 있어요. 그래서 다른 건 바라지도 않아요. 삼 년만 더 내 곁에 있어주세요. 삼 년만 내 뜻을 들어주면 죽어도 여한이 없어요. 설령 내가 죽지 않으면 당신이 다른 사람과 혼인을 해도 괜찮아요. 겨우 삼 년이에요. 그런데도 당신은 들어주려 하지 않으면서 '매일 저를 돌봐준다'고 하셔요!"

"넌 말을 해도 꼭 그렇게 해. 네가 홀어머니와 떨어져 살 순 없잖아. 삼사 년 뒤에 네 동생이 혼인을 해서 집안을 꾸려나가게 되면 너는 엄마와 같이 우리 집으로 오면 돼. 그때부터 제대로 너를 돌볼 수 있으니까, 너도 만족할 거야."

수방은 또 웃으며 말했다.

"당신은 지금까지 늘 만족하며 살아왔지만, 나에게 이런 복이 어디 있기나 하겠어요! 그래도 생각하고 있는 게 당신 나이는 올해 스물넷이고, 삼 년이 지나도 스물일곱이잖아요. 스물일곱에 다른 사람과 혼인해서 백년해로하면 수십 년을 함께 하는 거니까. 이삼 년 동안 내가 당신에게 억울한 누명을 씌운 셈 치더라도 꼭 옆에 있어줘요."

옥보도 웃으며 말했다.

"쓸데없는 소리, 함께 백년해로할 사람은 바로 너야."

수방은 더 이상을 말을 하지 않았다. 그때 이완방이 머리를 풀어헤치고 뒷문에서 들어왔다. 눈을 비비며 옥보를 보고 말했다.

"형부, 어제 왜 안 오셨어요?"

옥보는 싱글벙글 웃으며 완방의 손을 잡아당겨 화장대에 비스듬히 기대게 했다. 수방은 완방이 연붉은색 호주(湖州)산 주름비단[1] 속치마만 입고 있는 걸 보고 말했다.

"왜 옷을 안 입고 있어?"

"날씨가 너무 더워요."

"덥긴! 어서 옷 입어!"

"안 입을래요, 너무 더워요."

그때 아초가 벌써 자홍색 겹저고리를 들고서 완방에게 말했다.

"엄마도 뭐라고 하셔요. 빨리 입어요."

완방은 그래도 입으려고 하지 않았다. 옥보가 그 겹저고리를 받아 들고 완방 대신 걸쳐주며 말했다.

"지금은 입고 나중에 더우면 다시 벗는 게 어때?"

완방은 어쩔 수 없이 옥보의 말을 들었다. 아초가 세숫물을 가져와 완방에게 세수하고 머리를 빗자고 하자, 수방도 일어나려고 했다. 옥보가 다급하게 말을 했다.

"더 자. 아직 시간이 일러."

"자고 싶지 않아요."

옥보는 마지못해 그녀를 부축해서 침대에 앉히고 나서 다시 달래며 말했다.

"침대에 잠깐 앉아 이야기 나누는 것도 괜찮지."

"싫어요."

수방은 침대에서 내려오긴 했지만 코가 심하게 막혀 있고, 머리가 어지럽고 다리가 후들거렸다. 기침만 조금 멎었을 뿐이었다. 수방은 탁자와 의자를 붙잡아가며 탑상까지 간신히 걸어가 앉았다. 옥보는 그 뒤를 따라가서 창문 휘장 한쪽을 내렸다. 대아금은 제비집 탕을 가지고 올라왔다. 그러나 수방은 두 모금만 마시고 완방에게 주었다. 완방이 막 치장을 끝내자 수방은 세수하러 갔다. 아초가 말했다.

"머리는 괜찮아요. 빗을 필요 없겠어요."

수방은 일어나 앉기도 힘들어 고개만 끄덕였다. 대아금은 대패밥물에 담근 작은 솔빗으로 대충 몇 번 빗어 내렸다. 수방도 자기 손으로 양쪽 귀밑머리를 정리했다. 그러나 힘이 부쳐 탑상에 비스듬히 기대고 가쁘게 숨을 몰아쉬었다.

옥보는 이런 수방을 보니 속으로 초조했지만 오히려 싱글싱글 웃는 낯을 지어 보였다. 완방만이 옥보 무릎 앞에 서서 수방을 멍하니 바라보았다. 수방이 그녀에게 물었다.

"뭘 보니?"

완방은 아무 말도 못하고 웃기만 했다. 대아금은 화장대를 정리하면서 웃으며 말했다.

"완방 아가씨는, 언니 몸이 안 좋아 보이니까 힘이 나지 않아서 그렇잖아요?"

완방이 그 말을 이었다.

"어제는 괜찮았는데, 형부 때문이에요. 가만히 안 있을 거예요."

완방은 막무가내로 옥보 가슴을 머리로 들이박았다. 옥보는 당황하여 웃으며 말했다.

"너를 속인 거야. 몸이 안 좋은 게 아니야. 잠시 쉬면 나아져."

"그래도 낫지 않으면, 형부가 꼭 언니 건강을 돌려줘야 해요."

"알았어. 꼭 건강한 언니로 돌려줄게."

완방은 그제야 마음을 놓았다. 수방은 탑상 위에 비스듬히 누워 있다 스르르 눈을 감았다. 마치 잠든 것 같았다. 옥보가 말했다.

"침대에서 자."

수방은 손을 내저었다. 옥보가 등나무 의자에서 모포를 걷어서 수방에게 덮어주자 수방은 짜증을 내며 말했다.

"무거워요!"

그러곤 바로 걷어치웠다. 옥보는 하는 수 없이 반대쪽 휘장을 내렸다. 수방이 잠을 자다 한기에 들까 걱정이 되어 이야기를 들려줄 생각에, 시골에 가서 성묘한 이야기들을 약간 과장을 섞어가며 풀어놓았다. 완방은 재미있게 듣고 있었지만 수방은 짜증을 내며 말했다.

"당신에게 이야기하는 것도 힘들어요. 듣기 싫어요."

"그러면 자지 마."

"안 잘 테니 걱정 말아요."

옥보는 그제야 탑상 한쪽에서 양반다리를 하고 앉아 조용히 조심스럽게 지켜보았다. 그런데 완방은 앉을 자리가 없어 앉지도 서지도 못했다. 수방이 놀러 나가라고 했지만 완방은 안 나겠다고 버텼다. 잠시 뒤 대아금이 점심을 들고 방으로 들어왔다. 옥보가 수방에게 물었다.

"먹을 수 있겠어? 먹을 수 있으면 한 입이라도 먹어봐."

"안 먹을래요."

완방은 수방이 전혀 입을 대지 않자 큰 병이 난 게 아닌가 하고 순간 조급해져서 얼굴이 발갛게 상기되었다. 금방이라도 눈물이 떨어질 것 같았다. 그런데 그런 완방의 모습에 수방은 오히려 웃음이 나왔다.

"너 왜 이래, 나 아직 죽지 않았어. 지금 못 먹어서 그렇지,

있다가 먹을 거야."

완방은 자신이 성급했다는 것을 알고 안간힘을 다해 눈물을 참았다. 옥보는 완방이 마음을 졸일까 봐 수방에게 조금이라도 먹어보라고 애원하듯 달래보았다. 수방은 마지못해 대아금에게 죽을 사 오라고 해서 반 그릇 정도 먹었다. 완방도 억지로 한 그릇만 먹었다. 옥보는 원래 양이 적었다. 모두 점심을 먹고 정리를 했다. 옥보는 완방을 보내려고 생각하던 참이었는데 마침 아초가 들어와 말했다.

"엄마 일어나셨어요."

완방이 여전히 미적거리고 일어나지 않자 옥보가 재촉했다.

"어서 가봐. 엄마한테 한 소리 듣겠어."

완방은 그제야 무안하여 뒤뚱거리며 나갔다. 완방이 나간 후 방에 남은 옥보와 수방 두 사람은 아무 말도 하지 않았다. 네 시가 조금 넘었을 때 옥보의 형 도운보가 가마를 타고 찾아왔다. 옥보가 그를 방으로 모시자, 서로 인사를 하고 앉았다. 운보가 수방에게 물었다.

"몸이 불편한가?"

"예."

대아금이 재빨리 찻잔을 준비하자 운보가 말렸다.

"몇 마디만 하고 갈 거니까 차는 내올 필요 없네."

그리고 곧바로 옥보를 보며 말했다.

"삼월 초사흘이 여전홍의 생일이야. 주애인이 전보를 보내

添夾襖厚
意即深情
第十八回
一八

왔는데, 대관원을 빌려 생일잔치를 하려고 하다가 전홍이 혹시 관리 사회 기강이 흔들릴까 걱정되어 오지 않겠다고 거절했다는 거야. 그래서 주애인이 다 같이 도명주 집에서 자리를 마련하자고 하는구나. 몇 사람 안 돼. 우리 두 사람도 포함되어 있으니 초사흘에 대관원이 아니라 도명주 집으로 가야 한다고 미리 말해두는 거야."

옥보는 '예, 예' 하고 형님의 말에 연신 대답을 하면서도 슬그머니 수방의 눈치를 살폈다. 하필이면 운보에게 들키고 말았다. 운보가 웃으며 수방에게 물었다.

"자네, 술대접하려고 하는데, 옥보를 보내줄 거지?"

수방은 난처하여 웃으며 대답했다.

"큰 도련님, 말씀이 이상하셔요. 중요한 일인데 당연히 가야죠. 제가 어떻게 보내주지 않겠어요?"

운보가 고개를 끄덕이며 말했다.

"맞아. 수방은 사리에 밝은 사람이야. 중요한 일인데 붙잡고 못 가게 하면 좋을 게 뭐가 있겠나?"

수방은 대답하기 곤란하여 미소만 지었다. 운보가 이어 말을 했다.

"가야겠다."

옥보가 황급히 일어나자, 수방은 문입구 주렴 아래까지 배웅했다. 운보는 문을 나서 가마에 올라타고 가마꾼에게 분부했다.

"주공관으로 가자."

가마꾼들은 길을 잘 알고 있어 곧장 동흥리를 빠져나와 동쪽 중화리로 들어갔다. 주공관에 거의 다다를 즈음에 주애인의 집사 장수가 일찌감치 내다보고 있다가 황급히 가마 앞으로 뛰어와 아뢰었다.

"나리께서는 상인리 임가네에 계십니다."

운보는 바로 가마를 돌려 사마로를 지나 상인리 임소분의 집으로 향했다. 주애인의 가마가 여전히 문 앞에 있는 것을 보고, 도운보도 가마에서 내려 문을 열고 들어섰다. 위층 방에 올라가니 주애인이 그를 맞으며 말했다.

"마침 초대하려는 참이었네. 나 혼자는 안 되겠고, 도명주의 집은 자네가 일을 좀 봐주게."

운보는 어떻게 처리해야 하는지를 물었다. 주애인은 옷 속에서 장부 한 장을 꺼내며 말했다.

"우리 두 집 형제와 이실부 숙질 모두 여섯 명이 주최가 되어 우노덕을 청해 대접을 하는 거야. 점심에는 서양요리를 준비하고 저녁에는 만한전석[2]을 준비할 거야. 모아희 세 반 중에 한 반은 열한 시부터 오게 하고 저녁에 두 반을 부르는데, 다섯 시부터 시작하려고 하는데, 어때?"

도운보가 말했다.

"좋아."

계획들이 정해질 때 즈음 임소분은 수박씨를 올렸다. 도운보는 장부를 집어넣으며 바로 일어났다.

"나는 일이 있어서 먼저 가보겠네. 나중에 보세."

주애인은 그를 붙잡지 않고 임소분과 계단까지 배웅해주었다. 소분이 방으로 돌아와서 애인에게 물었다.

"무슨 일이에요?"

애인은 자세하게 설명해주었다. 소분은 그 말을 듣자마자 말했다.

"우리 집에 손님들을 초대하지 않고 도명주에게 아부하겠다 이거군요. 기분 나빠."

"내가 초대하는 게 아니고 우리 여섯 명이 함께 마련하는 자리야."

"전날은 당신이 초대했던 거 아니었어요?"

애인은 더 이상 할 말이 없어 웃기만 했다. 소분이 다시 말했다.

"하긴 여기는 장소가 좁아서 애초 나리들을 접대할 수 없어요. 당신도 불편했겠죠. 그래서 지금 넓은 장소를 잡아 좀 편해보자는 거잖아요."

애인이 억지로 웃으며 말했다.

"지금 정말 이상해. 내가 도명주와 사귄 적도 없는데, 왜 질투를 하고 그래?"

소분은 '흥' 콧방귀를 끼고 투덜거렸다.

"당신은 도명주한테 아부나 하러 가세요. 그런데 도명주가 당신에게 호감을 가질지는 모르겠네요."

애인이 웃으며 말했다.

"도명주가 나에게 호감을 가져달래?"

소분은 그래도 종알거렸다.

"당신이 탁자를 열 개 붙여 술자리를 만들어도 도명주에게는 전혀 아무것도 아닐걸요. 당신에게 호감도 안 가질 거구요. 바보가 되고 싶어 안달하는 손님은 상해에서 아마 당신뿐일걸요."

애인이 웃으며 말했다.

"화내지 마, 내일 저녁에 여기에서도 쌍대를 만들어줄게."

소분은 그 말에 멍하니 아무 말도 잇지 못했다. 그러자 애인은 소분에게 다가가 그녀의 손을 잡고 탑상 앞으로 와서 애원하였다.

"나에게 아편 좀 채워줘."

"저야 덜렁대니 도명주가 해주는 것과 비교나 되겠어요!"

소분은 입으로는 이렇게 말하면서도 벌써 비스듬히 누워 꼬챙이로 아편에 불을 붙였다. 애인은 그녀의 무릎 앞으로 바짝 당겨 앉아 몸을 숙여 소분의 귀에 대고 나직하게 말했다.

"지금까지 나와 사이가 좋았는데도 지금 도명주 때문에 화를 내는 거냐? 내가 도명주와 사귄다고 했어?"

"당신이라면 그럴 수도 있지요."

"내가 다른 사람과 다시 사귄다면야 그럴지도 모르지. 도명주라면, 설령 도명주가 나에게 호감을 보여도 내 쪽에서 내키지 않을 거야.”

“당신이 사귀든 말든 그게 나와 무슨 상관이에요? 굳이 저에게 말할 게 뭐예요.”

애인은 한 번 웃고 말았다. 소분은 아편을 다 채우고 담뱃대를 내려놓고 일어났다. 애인은 혼자 아편을 피우다 소분이 아직도 마음이 안 풀린 것을 알고 서랍을 열어 필묵과 초대장을 찾아 되는 대로 손님을 부르고 요리를 주문했다. 소분은 보고도 모르는 체하고 있다가 애인이 다 쓰고 나자 그때서야 입을 열었다.

“요리 주문할 거면 두 가지는 먼저 주문해서 밤참으로 먹을까요?”

애인은 흔쾌히 대답했다.

“좋아.”

그래서 따로 두 가지 요리를 더 추가하고 소분이 아주머니에게 가지고 내려가서 바깥 하인에게 요리를 주문하라고 했다. 바로 등을 켤 무렵 요리가 올라왔다. 소분 쪽에서 다시 네 가지 고기 요리를 더 올려서 애인과 소분은 대작하며 한담을 나누었다. 그런데 다시 도명주 이야기가 나오자 소분이 말했다.

“기녀도 인기 있을 때 하는 말이에요. 잘나갈 때는 손님들이 당연히 북적대잖아요. 그러고 보면, 손님들 정말 짜증나요. 똑

같은 천 원인데 손님이 적은 기녀에게 쓰면 좀 좋아요? 잘나가는 기녀에게 써봐야 표시도 안 나는데, 손님들은 꼭 잘나가는 기녀와 사귀려고 돈을 써가며 아부한다니까요."

"손님만 짜증난다고 하지 마. 기녀도 마찬가지야. 손님이 없는 기녀들은 아무 손님에게나 비위를 맞추다가도 좀 장사가 된다 싶으면 배우와 붙어 손님을 등쳐먹다가 나중에는 빈털터리가 되어버리지."

"배우와 사귀는 기녀는 거의 없으니 굳이 들먹일 필요 없어요. 제가 보니까 인기 있던 몇 명 기녀들도 끝이 좋지 않았어요. 잘나갈 때 믿을 만한 손님을 골라 시집가는 게 최곤데, 시집갈 생각들을 전혀 안 하잖아요. 나이가 더 많아지고 손님도 줄어들면 그때서야 시집가려고 하는 게 문제예요."

"기녀가 시집가는 것도 쉽지 않아. 그래도 시집은 착하고 돈 많은 손님에게 가려고 하지 않겠어? 그런 손님을 만났다고 해. 아마 그 손님에게는 이미 처첩들이 여럿 있을 게 분명할 거고, 그러니까 시집을 가더라도 늘 불행하지. 처첩이 없다고 해도 손님을 의지할 수 없어 옷이며 장신구를 모두 저당 잡히고 다시 나와 기녀로 살아야 할걸. 이런 것들은 조계지에서 늘 볼 수 있는 일상사잖아."

"전 손님과 성격만 맞으면 돼요. 성격만 맞으면 좀 가난해도 입에 풀칠만 할 수 있으면 되니까. 만약 손님이 그저 그러면 돈 좀 있는 손님을 고르는 것도 괜찮죠."

補雙
檯阜
財能
辭慍

애인이 웃으며 말했다.

"돈 좀 있는 손님을 고른다면 나 같은 사람은 가까이하지 않겠구나."

소분도 웃으며 말했다.

"정말! 겸손도 하셔라! 당신이 돈이 없다고요? 누굴 속이려 들어요?"

애인이 웃으며 말했다.

"그럼 돈은 있는데, 성격이 안 맞아서 내가 네 눈에 안 차는 모양이구나."

"되지도 않게 말을 갖다 붙여요."

그리고 술병을 들고 애인에게 술을 따라주었다. 애인이 말했다.

"술은 됐다. 밥이나 먹자."

소분은 아주머니에게 저녁상을 올리라고 하고 같이 먹게 동생 취분을 부르라고 했다. 아주머니가 대답했다.

"취분 아씨는 먹었어요."

애인과 소분 두 사람이 식사를 마치자 차를 마시는 손님 한 무리가 올라와 맞은편 빈방으로 들어갔다. 잠시 후 다시 소분을 부르는 국표가 왔다. 애인은 그 틈에 일어났다. 소분은 붙잡지 않고 방문까지 배웅해주었다. 애인은 아래층으로 내려가 가마에 올라 공관으로 돌아갔다. 다음 날 저녁, 주애인은 불가피하게 친구들을 임소분의 집으로 초대하여 술자리 두 상을

폈다. 이 일은 굳이 자세히 말하지 않겠다.

삼월 초삼일이 되자, 열 시경에 주애인은 일어나자마자 가마를 타고 대관원으로 갔다. 문 앞에 화려하게 걸어놓은 등이 보였다. 장수가 위모를 쓰고 그를 맞이하며 아뢰었다.

"진 나리, 홍 나리, 탕 나리 모두 계십니다."

애인이 들어가 인사를 하고 일들이 어떻게 진행되고 있는지 물어보니, 이미 다 준비되어 있었다. 애인은 아주 흐뭇했다.

"그러면 내가 먼저 갈 테니 여기는 세 사람이 수고 좀 해줘."

진소운, 홍선경, 탕소암은 같이 대답했다.

"당연히 최선을 다해야지."

애인은 다시 가마를 타고 정풍리(鼎豐里) 도명주의 집으로 갔다.

---

1 호추(湖縐) : 절강성 호주(湖州)에서 생산되는 비단으로 일종의 지지미, 크레이프. 염색을 하면 표면에 주름이 지기 때문에 붙여진 이름이다.

2 만주 요리와 한족 요리를 함께 갖춘 호화 연회석. 청대 궁중에서 가장 풍성하고 중요한 연회이다.

19

깊은 속을 잘못 이해한 두 사람의 정은 깊어지고, 약한 몸을 억지로 붙들고 있는 병은 달라붙어 떨어지지 않다

錯會深心兩情浹洽 強扶弱體一病纏綿

주애인은 가마를 타고 도명주의 집에 도착하여 가마꾼에게 분부를 내렸다.

"돌아가서 다섯째 도련님을 모시고 오너라."

그리고 가마에서 내려 이 층으로 올라갔다. 포이저가 그를 맞으며 방으로 모셨다. 애인이 말했다.

"난 서재에 가 있을게."

도명주의 기루는 다섯 칸으로 되어 있었다. 서쪽 두 칸은 본채이고, 동쪽의 세 칸 중 가운데는 응접실이었다. 그 오른쪽은 서양식당으로, 하얀 벽에 하얀 휘장이 쳐져 있고, 철제 침상과 유리 거울로 장식되어 마치 수정궁 같았다. 왼쪽은 원래 손님이 잠시 머무는 빈방으로 사용하기 위해 만든 것이지만, 거문고와 바둑, 글과 그림으로 장식하여 서재라고 불렀다.

주애인은 동쪽 끝으로 걸어가다 응접실의 판자벽을 모두 걷어내어 뒤쪽 정자간과 통하도록 만들어놓은 것을 보았다. 정자간에 작은 무대를 설치하고 처마에 구슬 등을 두 줄로 걸어두었다. 무대의 막과 휘장은 모두 아름답게 수놓은 비단이었고 말로 형언할 수 없을 정도로 색이 화려하였다. 또 서양식당의 식탁과 의자는 응접실 중앙에 놓여 있었다. 식탁에 식탁보를 깔고 그 위에 유리 양념통 두 가지, 나이프와 포크, 물병 등이 세트로 놓여 있고, 냅킨 여덟 장은 모두 각종 꽃 모양으로 유리컵 안에 꽂혀 있었다. 애인은 그것을 보고 탄복해 마지않았다.

"아주 훌륭해!"

주애인이 왼쪽 서재에 와서 건너편 곁방 안을 들여다보니 도명주가 창 아래에서 머리를 빗고 있었다. 서로 거리가 있어서 고개를 끄덕이는 것으로 인사를 대신했다. 포이저가 담배와 차를 올리자, 도명주가 데리고 있는 대여섯 명의 기녀들이 모두 와서 접대를 하고 모아희의 단원 아이도 와서 옆에 앉아 시중을 들었다.

얼마 뒤 술자리를 마련한 도운보, 도옥보, 이실부, 이학정, 주숙인이 속속 도착했다. 도명주는 치장을 끝내고 건너왔다. 여전홍에게 다시 한 번 초대장을 쓰려는데 마침 우노덕이 도착했다.

"보낼 필요 없어요. 오셨습니다."

도운보는 곧바로 준비하라고 지시했다. 이미 탁자 위에는 열여섯 가지 외국산 과일, 말린 과일, 사탕 그리고 우유를 넣어 만든 케이크 등이 다리가 있는 유리쟁반에 올려져 있었다. 악극단원들은 정비를 하고 여전홍이 들어오면 시작하려고 기다리고 있었다.

잠시 후, 한 집사가 이 층으로 쫓아와 아뢰었다.

"여 대인께서 오셨습니다."

모두들 자리에서 일어났다. 도명주는 계단 입구까지 나가 여전홍을 맞이하며 그의 손을 잡고 응접실로 들어왔다. 전홍은 나무라는 투로 말했다.

"번거롭게 뭘 이렇게까지 해?"

모두들 그의 앞으로 와서 인사를 했다. 여전홍은 주숙인과는 초면이라 아래위로 한 번 훑어보고 주애인을 돌아보며 말했다.

"내 말에 기분이 상하겠지만 말이야, 자네보다 잘 생겼는데."

모두들 입을 가리고 웃으며 서재로 들어갔다. 도명주가 옆에서 말했다.

"여 대인, 옷 이리 주세요."

그리고 그녀는 마고자의 단추를 풀어주었다. 여전홍은 옷을 벗으며, "미안하네." 하고 한 마디 붙였다. 도명주가 웃으며 말했다.

"여 대인도 참, 무슨 예의를 차리고 그러셔요."

도명주는 마고자를 포이저에게 주며 옷장에 걸라고 하고 여전홍을 교의에 앉혔다. 악단의 아주머니가 곡목을 올리며 곡을 고르라고 청했다. 도명주가 대신 말했다.

"우 나리께서 고르시죠."

우노덕은 두 곡을 고르고 나서 포이저에게 국표를 가져오라고 했다. 주애인은 도옥보와 주숙인을 가리키며 말했다.

"오늘 이 두 사람은 부를 기녀들이 많이 없을 텐데?"

여전홍이 말했다.

"마음대로 하게 해. 많이 부르고 싶으면 많이 부르고 한 명만 부르고 싶으면 한 명만 불러도 돼."

주애인은 우노덕에게 쓰라고 했다. 손님들이 부를 수 있는 기녀들은 모두 불렀다. 도옥보는 이수방의 동생 이완방도 불렀고 주숙인은 주쌍옥만 불렀다. 국표를 다 쓰자 도운보가 손님들을 자리로 청했다. 여전홍이 말했다.

"시간이 아직 이르잖아."

"먼저 간식을 드시지요."

여전홍은 또다시 번잡하게 한다고 주애인을 탓하며 말했다.

"이것도 자네 머리에서 나온 거군."

모두들 응접실로 자리를 옮겼다. 무대를 마주보는 서양식

탁 앞에는 서양식 등나무 의자 여덟 개가 한 줄로 놓여 있었다. 그 식탁 위에는 찻잔들이 놓여 있었다. 여전홍이 말했다.

"다들 편하게 앉아서 각자 알아서 가져가 먹도록 하지."

여전홍은 먼저 케이크 한 조각을 집어 들고 옆에 있는 등나무의자 하나를 벽 쪽에 갖다 놓고 앉았다. 다른 사람들도 하는 수 없이 그의 뜻을 따라 편히 흩어져 앉았다.

악단은 관례에 따라 〈도가관(跳加官)〉[1]으로 무대를 열었다. 그다음으로 우노덕이 고른, 행운을 준다는 〈만상홀(滿床笏)〉[2]과 〈타금지(打金枝)〉[3] 두 극을 연주했다. 여전홍은 지겨워서 주숙인을 보며 말했다.

"우리는 이야기나 나누자."

그리고 그는 숙인의 손을 잡고 서재로 갔다. 주애인도 따라 들어갔다. 그러자 여전홍이 말했다.

"자네는 연극이나 보고 있게. 쓸데없이 대접한다고 애쓰지 말고 말이야."

그 말에 주애인은 바로 물러났다. 여전홍은 주숙인에게 탑상에 마주 보고 앉으라고 하고 나이가 어떻게 되며, 요즘 무슨 책을 읽고 있는지, 정혼은 했는지를 물었다. 주숙인은 그의 물음에 하나하나 대답을 했다. 잠시 후 도명주는 오렌지, 파인애플, 키위 등의 외국 과일을 직접 깎아 여전홍에게 올렸다. 전홍은 그것을 받아서 반을 주숙인에게 주며 말했다.

"먹어보게."

숙인은 몇 개를 집어 들기만 하고 먹지는 않았다. 여전홍은 다시 이것저것 자세하게 캐물었다. 한동안 이야기가 길어지자 도명주는 옆에 앉아 잠잠히 들으면서 그의 의중을 눈치챘다. 열두 시까지 이야기가 이어졌고 포이저가 국표를 가지러 오자 도명주는 서양요리를 먹을 시간임을 알고 여전홍을 응접실로 모셨다. 모두 자리를 정하려고 일어났다. 그러나 여전홍은 말리며 주숙인을 그의 옆에 앉혔다. 모두들 지나치게 예의를 차리는 것도 좋을 게 없다고 생각되어 우노덕을 제외하고 나이 순으로 앉았다. 첫 번째 요리 원합탕[4]을 먹고 나니 두 번째로 가자미 요리가 올라왔다. 도명주는 뼈를 발라 여전홍에게 주었다.

기녀들이 속속 도착할 때 마침 무대에서는 곤극 〈서각(絮閣)〉[5]을 연주하고 있었다. 징과 북을 사용하지 않고 생황과 비파만으로 연주하여 고풍스럽고 우아한 분위기를 만들었다. 여전홍은 기녀들이 그의 뒤를 둘러싸고 있고, 게다가 아직도 계속 기녀들이 들어오는 것을 보고 주애인에게 물었다.

"자네, 나에게 몇 명을 불러준 건가?"

주애인이 웃으며 말했다.

"얼마 되지 않습니다. 열 명 조금 더 됩니다."

여전홍은 미간을 찌푸리며 말했다.

"자네 멋대로 불렀구만!"

다시 다른 사람들 뒤를 보니, 두세 명을 부른 사람도 있고 또 네댓 명을 부른 사람도 있었다. 주숙인 혼자 한 명을 불렀다. 여전홍은 주숙인이 부른 기녀의 이름이 주쌍옥이라는 것을 듣고, 아래위로 그녀를 훑어보고 고개를 끄덕이며 말했다.

"참으로 한 쌍의 가인일세."

그러자 다른 사람들도 일제히 찬탄했다. 여전홍은 다시 주애인에게 물었다.

"자네 형 노릇을 한다고 괜히 어리석게 굴지 말게. 이 두 사람이 원만하게 지낼 수 있도록 해주는 게 형 노릇 올바르게 하는 거야."

주숙인은 그 말에 만면에 부끄러운 기색을 띠었다. 주쌍옥도 고개를 들지 못했다. 그러자 여전홍이 말했다.

"두 사람은 예의 차리지 말고 이리 와 앉아 이야기를 나누게. 나도 좀 듣게."

주애인이 말했다.

"그 둘이 나누는 이야기는 듣기 어려울 겁니다."

여전홍이 어리둥절하며 말했다.

"벙어리인가?"

그 말에 모두 웃었다. 주애인도 웃으며 말했다.

"벙어리는 아니지만 입을 열지 않아요."

여전홍은 주숙인을 부추기며 말했다.

"자네가 좀 노력해봐! 자네 형이 짐작 못하게 저 사람들에게만 들을 수 있게 한 마디만 해봐."

海上花列傳
第十九回
十五
錯會深心
兩情浹洽

주숙인은 더욱 부끄러워져 몸 둘 바를 몰라 했다. 여전홍은 다시 주쌍옥에게 말을 하라고 부추겼다. 주쌍옥은 미소만 짓고 있다가 전홍의 부추김에 못 이겨 웃으며 말하기 시작했다.

"할 말이 없는데 무슨 말을 해요?"

모두 일제히 소리를 쳤다.

"드디어 귀한 입을 열었네!"

여전홍은 잔을 들며 한 마디 했다.

"우리 모두 축하주를 들어야지."

그리고 잔을 한 번에 비우고 주숙인에게 잔을 보여주었다. 그러자 다른 사람들도 잔을 비웠다. 주숙인은 부끄러워 귀가 빨갛게 달아오르고 도무지 술 마실 엄두를 내지 못했다. 다행히 무대에서 〈천수관(天水關)〉[6]으로 곡을 바꾸자, 크고 시끄러운 연주 소리가 여전홍의 말을 끊어놓았다.

여덟 번째 서양 요리가 끝나자 밥과 겨자닭고기 요리가 올라왔다. 기녀들 절반이 자리를 떠나갔다. 쌍옥도 인사를 하고 자리를 떠나가려다 여전홍의 눈에 띄었다. 여전홍이 말했다.

"자네는 천천히 가. 내가 따로 할 말이 있어."

주쌍옥은 농담하는 것으로 여겼으나 주애인이 옆에서 더 있다가 가라고 하여 자리로 돌아갔다. 여자 하인 교건이 주쌍옥의 귀에 대고 속삭이자 쌍옥은 몇 마디 분부를 내렸다. 교건은 대답을 하고 먼저 갔다. 술자리가 끝나자 각자 밀크커피를 한 잔씩 마시고, 얼굴을 닦고 입을 헹구고 편히 앉았다. 모아

희도 그때 공연을 마쳤다. 아주머니가 다시 곡을 고르라고 하자 여전홍이 말했다.

"누구라도 가서 곡을 고르게."

주애인은 여전홍이 졸립다는 것을 눈치 채고, 잠시 멈추어도 괜찮다고 생각했다. 늦게까지 두 개의 악단이 연주를 훌륭히 했으니 여전홍과 의논하지 않고 주애인 혼자 모아희 극단을 해산시켰다. 여전홍은 사람들을 내버려두고, 왼손으로는 주숙인의 손을 잡고, 오른손으로 주쌍옥의 손을 잡으며 말했다.

"우리는 저기로 가자."

천천히 왼쪽 서양식당으로 가서 벽 쪽 긴 의자에 놓인 푹신한 쿠션 위에 앉고 주숙인과 주쌍옥을 그의 양쪽에 앉혔다. 그리고 주쌍옥에게 나이가 몇이며 어디에 살고 있으며 부모가 있는지를 물었다. 주쌍옥은 물음 하나하나에 대답했다. 여전홍은 주숙인을 보며 물었다.

"언제부터 사귀었느냐?"

주숙인은 갑작스런 질문에 어찌할 바 몰랐다. 그러자 주쌍옥이 대신 대답했다.

"지난 달 말에 알게 되었어요. 주 나리께서 대신 불러주셨고 저희 집에는 한 번도 오지 않았어요."

여전홍은 갑자기 정색을 하며 주숙인을 원망하듯 말했다.

"자네 이 사람 정말 나쁘군! 매일 자네가 오기만을 기다리는데 왜 가지 않았나?"

주숙인은 그 말에 오히려 깜짝 놀랐다. 주쌍옥이 피식 웃자, 숙인은 그제야 그 뜻을 알아차렸다. 여전홍은 다시 주쌍옥을 위로해주었다.

"화내지 말거라. 내일 내가 그와 함께 갈 테니. 그가 만일 또 잘못하면 나에게 말해. 내가 혼내줄 테니."

주쌍옥은 고개를 돌리고 웃으며 말했다.

"감사합니다."

"지금 감사하지 않아도 된다. 내가 너를 위해 중매를 서면 그때 한꺼번에 나에게 감사하다고 하면 돼."

주쌍옥은 그 말에 웃음을 참느라 아무 말도 하지 못했다. 그러자 여전홍이 말했다.

"그에게 시집가지 않으려는 거야? 이 젊은이를 보니, 시집가서 좋을 게 없을 것 같아서 가고 싶지 않다 이거냐? 그러면 실수하는 거야!"

"저에게 그런 복이 있겠어요!"

"내가 중매를 서겠다는 것이 바로 네가 복이 있다는 거지. 네가 원하기만 하면 내 한 마디에 시집갈 수 있어."

주쌍옥은 잠자코 있었다. 여전홍이 계속 말했다.

"말해 봐. 갈 거야 안 갈 거야?"

쌍옥은 새초롬하게 말했다.

"여 대인, 왜 저에게 그런 말을 물어요?"

"그러면 네 엄마에게 물어볼까? 그것도 좋지. 네가 가겠다면 당연히 네 엄마에게 물어야지."

주쌍옥은 고개를 다른 곳으로 돌리고 아무 말 하지 않았다. 마침 포이저가 차를 들고 방으로 들어왔다. 주쌍옥이 화제를 돌렸다.

"여 대인, 차 드셔요."

여전홍은 차를 손에 받아 들고 포이저에게 물었다.

"다른 사람들은?"

"모두 서재에서 이야기 나누고 계십니다. 건너오라고 할까요?"

"굳이 그럴 필요 없어."

찻잔을 다시 포이저에게 주고 긴 의자 위에 가로누웠다. 포이저가 나가고 방 안이 조용해지자 여전홍은 자기도 모르게 몽롱해져서 입을 벌린 채 잠이 들었다. 주쌍옥은 먼저 곁눈질을 하고는 발소리를 죽여가며 빠져나갔다. 주숙인은 그대로 옆에 앉은 채 자리를 뜨질 못했다. 잠시 후에 여전홍이 코를 골았다. 주숙인은 일부러 기침도 해보았다. 그래도 깨지 않아 그도 그 방을 빠져나왔다. 이야기를 나누기 위해 주쌍옥을 찾으려고 건넛방으로 갔다. 모두 우노덕 주위에 둘러앉아 이야기를 나누고 있고 도명주는 옆에서 말을 거들고 있는데, 주쌍옥만 보이지 않았다. 그래서 다시 나가려고 하였다. 그때 도명주가 그를 보고 다급하게 물었다.

"여 대인 혼자 그곳에 계셔요?"

주숙인이 고개를 끄덕이자 도명주는 황급히 그곳으로 갔다. 주숙인은 그 틈에 나와 방문 앞에 서서 한참 생각을 해봐도 주쌍옥이 어디로 갔는지 알 수 없었다. 우연히 밖을 내다보는데 동쪽 곁방 창가에 누군가가 기대고 서 있었다. 바로 주쌍옥이었다. 주숙인은 너무 기쁜 나머지 대담하게 방 뒤를 가로질러 동쪽 도명주의 방으로 들어가 살금살금 주쌍옥의 뒤로 걸어갔다. 주쌍옥은 이미 눈치를 채고 있었지만 모르는 척했다. 주숙인은 슬그머니 손을 뻗어 그녀의 손목을 잡았다. 주쌍옥은 갑자기 손을 뿌리치며 큰 소리로 말했다.

"이러지 말아요!"

주숙인은 주쌍옥의 이런 반응을 전혀 예상 못했기에 화들짝 놀라 몇 발자국 물러나며 얼이 나가 탑상 앞에 움츠린 채로 있었다. 주쌍옥은 한참 있어도 움직임이 느껴지지 않자 주숙인이 뭐하나 보려고 고개를 돌려보니, 뜻밖에 그는 넋 나간 사람처럼 앉아 있었다. 그녀는 자신이 경솔했다는 것을 알고 미안해졌다. 속으로 어떻게 그를 달래줄까 생각해보았지만 딱히 좋은 방법이 떠오르지 않아 살짝 눈을 흘기며 엷은 미소를 지어 보였다. 그제야 주숙인은 마음을 놓으며 한숨을 내쉬었다.

"괜찮아? 깜짝 놀랐잖아!"

주쌍옥은 웃음을 참아가며 나지막한 소리로 말했다.

"놀랄 걸 알면서 수작을 부리려고 해요!"

"내가 어떻게 수작을 부리겠어? 너에게 물어볼 게 있어서 그랬지."

"뭐예요?"

"공양리는 어디에 있어? 또 몇 명이 있어? 내가 가도 괜찮아?"

주쌍옥은 대답하지 않았다. 주숙인이 몇 번을 묻자 주쌍옥이 말했다.

"몰라요!"

주쌍옥은 짜증을 내며 일어나 밖으로 나가버렸다. 주숙인은 멍하니 그녀가 가는 모습을 보기만 하고 잡지 못했다. 주쌍옥은 주렴 앞까지 가서 다시 돌아보며 주숙인에게 웃으며 말했다.

"홍선경 나리와 친구예요?"

주숙인은 생각을 해보더니 말했다.

"나와 친구는 아니지만 우리 형님과는 오랜 친구지."

"홍선경 나리를 찾아봐요."

주숙인이 그 이유를 물으려는데 주쌍옥은 벌써 방을 나가고 없었다. 주숙인은 하는 수 없이 서쪽 서재로 건너왔다. 마침 교건이 주쌍옥을 데리러 왔다. 주쌍옥이 작별인사를 하고 떠나려고 하자 주애인이 말했다.

"여 대인에게 인사하고 가."

도명주가 말했다.

"여 대인은 주무시고 계셔서 인사하지 않아도 돼요."

주애인은 얼버무리며 말했다.

"그러면 가봐, 나중에 다시 부를게."

주쌍옥이 나간 뒤, 한 아주머니가 주렴 사이로 고개를 내밀고 살피고 있었다. 도옥보가 그녀를 보자 황급히 나가 한참을 이야기하다 다시 서재로 돌아와 자리에 앉았다. 도운보가 옥보의 심기가 불편한 것을 보고 말했다.

"또 신경 쓸 일이 생긴 모양이군, 그렇지?"

옥보가 더듬거리며 말했다.

"아닙니다. 수방이 좀 아프다고 하네요."

"괜찮았잖아."

옥보가 말 나오는 대로 내뱉었다.

"알 수가 있나요."

운보는 콧방귀를 뀌며 냉소를 지었다.

"가야 한다면 먼저 가. 지금은 특별한 일은 없으니 조금 일찍 다시 와."

옥보는 사양 않고 곧장 인사를 하고 나갔다. 그리고 아래층으로 내려가 가마를 타고 동흥리 이수방의 집으로 갔다. 방에 들어가니 이수방은 이불을 꼭꼭 덮고 누워 있고 동생 이완방은 침대에 올라앉아 그녀를 보살피고 있었다. 도옥보는 먼저 손으로 이마를 만져보았다. 미열이 느껴졌다. 완방이 연신 말했다.

強扶弱體
一病纏綿

"언니, 형부 왔어요. 형부 왔다구요."

수방은 눈을 뜨고 그를 보았다.

"올 필요 없는데, 당신 형님께서 무슨 말 하지 않으셨어요?"

"형님께서 가라고 한 거니까 괜찮아."

"웬일로 가라고 하셨을까?"

"형님께서 먼저 가는 대신 일찍 오라고 하셨어."

수방은 한참 뒤에 말을 이었다.

"당신 형님은 좋으신 분이니까 형님과 맞서지 말고 말 잘 들어요."

옥보는 대답은 하지 않고 몸을 숙여 수방의 양손을 이불 속에 넣고 이불을 목까지 잡아당겨 덮어주며 두 어깨를 꼭꼭 감쌌다. 겨우 숨 쉴 만큼 얼굴을 반만 내놓았다. 그리고 수방에게 귀고리를 빼는 게 어떻겠냐고 조용히 달래보았다. 그러나 수방은 절대 빼려 하지 않았다.

"한숨 자고 났더니 나아졌어요."

"방금 전만 해도 괜찮았는데 가마 타고 가면서 바람 맞아서 그런 것 아니야?"

"아니에요. 재수없는 〈천수관〉 때문에 시끄러워서 머리가 터져 죽는 줄 알았어요!"

"그러면 왜 먼저 가지 않았어?"

"다들 도착하지도 않았는데 어떻게 먼저 나가요?"

"그건 중요하지 않지."

완방이 끼어들며 말했다.

"형부도 한 마디도 하지 않으셨잖아요. 형부가 언니를 먼저 보내고 대신 제가 오래 있어도 좋았잖아요?"

"너는 왜 한 마디 하지 않았니?"

"언니가 불편한지 몰랐어요."

옥보가 웃으며 말했다.

"네가 몰랐는데 나라고 알겠어!"

완방도 웃었다. 그리고 옥보는 침대 끝에 앉고 완방은 옥보 무릎에 기댄 채 서로 말없이 있었다. 수방은 두 눈만 멀뚱히 뜨고 잠을 이루지 못했다. 등을 켤 때 즈음 도윤보의 가마꾼이 와서 아뢰었다.

"술자리가 차려졌다고 건너오라고 하십니다."

옥보가 그러겠다고 대답했다. 수방은 그 말을 듣자마자 말했다.

"빨리 가봐요. 형님께 한 소리 듣지 말구요."

"괜찮아."

"안 돼요! 일찍 오라고 하셨으니 어서 가세요. 당신이 보이지 않으면 형님께서 좋아하시겠어요? 어디에 정신을 빼놓고 중요한 일도 내팽개치냐고 하실 겁니다."

옥보는 잠깐 생각을 해보더니 완방을 돌아보며 말했다.

"그러면 네가 언니 옆에 있어. 절대 나가면 안 돼."

수방은 황급히 말했다.

"그럴 것도 없어요. 저녁 먹으러 보내요. 저녁 먹고 나가야죠."

완방이 말했다.

"여기서 밥 먹을래요."

"난 안 먹을 거야, 넌 엄마와 먹어."

옥보가 달랬다.

"너도 조금이라도 먹는 게 좋지 않겠어? 먹지 않으면 엄마가 걱정에 먼저 쓰러질 거야."

"알았으니까 가세요."

옥보는 가마를 타고 연회에 참석하러 정풍리 도명주의 집으로 갔다. 완방은 침대 끝에 올라앉아 이것저것 꼬치고치 캐물었다. 수방이 말했다.

"엄마한테 가서 난 잠깐 잘 테니까, 아픈 데도 없고, 저녁은 안 먹겠다 전해줘."

완방은 처음엔 가지 않겠다고 우기다가 수방의 재촉에 못 이겨서 나갔다. 잠시 후 수방의 생모 이수저가 침대 뒤로 문을 열고 들어왔다. 방 안에 아무도 없는 것을 보고 말했다.

"둘째 도련님은 왜 갔어?"

"내가 가라고 했어요. 술자리를 마련한 주인인데 당연히 가서 접대를 해야죠."

이수저는 침대로 다가와 수방의 안색을 살피며 한참을 이런저런 생각을 했다.

수방이 웃으며 말렸다.

"엄마, 그만해요. 아프지 않아요."

"뭐 먹고 싶어? 만들어달라고 하면 돼. 지금 부엌에서는 아무 요리도 안 하고 있어."

"안 먹어요."

"오향비둘기고기[7]가 마침 있는데, 죽으로 삶으라고 할 테니, 먹어봐."

"엄마 먹어요. 먹을 생각만 해도 거북한데, 어떻게 먹겠어요!"

이수저는 다시 몇 마디 당부를 하고 화장대 등불을 높이 세웠다. 그리고 다시 방에 걸어놓은 가스등을 낮추었다. 대충 휘장을 내리고 왔던 대로 뒷방 문으로 나가 저녁 먹으러 갔다. 이수방 혼자 방에 남겨졌다.

---

1 배우가 도교의 신선 '天 · 地 · 水' 세 관직 가운데 '천관'으로 분장하여 관중을 향해 '천관사복(天官賜福)', '가관진록(加官進祿)' 등의 축사를 펼치는 것으로 공연의 시작을 알리는 개장의식이다.

2 이 희곡은 당 왕조의 명장 곽자의(郭子儀)의 고사에서 비롯되었다. 곽자의의 66세 생일을 축하하기 위해 사위와 자식들이 모여 축하연을 펼쳤다. 그들은 모두 고관대작들로 홀을 들고 있었고, 침상에 그것을 놓으니 가득했다고 한다. 그래서 희곡의 제목이 만상홀이다. 이후 이 고사는 민간으로 퍼졌고, 민간에서는 곽자의의 초상화를 걸어 복과 장수를 기원하였다고 한다. 소설에서도 우노덕이 여전홍의 비위를 맞추기 위해 이 곡을 주문했던 것이다.

3 이 희곡 역시 곽자의의 고사에서 비롯되었다. 당 태종 딸 승평(升平)공주는 곽자의의 여섯 번째 아들 곽난(郭暖)의 아내였다. 곽자의의 생일날, 오직 승평공주만 오지 않았고, 곽난은 화가 나서 궁으로 돌아가 공주를 때렸다. 공주는 그 사실을 그녀의 부모에게 일러 곽난에게 죄를 묻게 하였다. 곽자의는 그의 아들 곽난을 포박하여 황제 앞에 죄를 벌하기를 청했고, 황제는 사태를 살펴보고 오히려 곽난에게 봉록을 하사하였다. 황후가 사위를 달래고 딸을 꾸짖었고, 승평공주와 곽난은 서로 오해를 없애고 처음처럼 사이가 좋아졌다는 내용의 희곡이다.

4 원합탕(元蛤湯) : 바지락, 토마토, 훈제고기 등으로 만든 탕

5 〈장생전(長生殿)〉의 제19회 극목

6 삼국시대의 전장의 히나이면서, 경극작품이다. 제갈량의 북벌 출사 이야기를 담고 있다.

7 오향합자(五香鴿子) : 손질한 비둘기 고기와 고추, 계피, 간장 등을 넣어 삶은 후 마유를 바른 요리이다. 독특한 풍미를 가진 지역 간식이라고 한다.

20

시름에 겨워 거울 앞에서 헛소리를 쏟아내고, 정이라는 마귀가 움직여 동침하다 악몽에 놀라 깨어나다

提心事對鏡出譫言 動情魔同衾驚噩夢

이수방은 병중에 조용히 쉬기 위해 아초와 대아금의 시중조차도 거부하고 옆에 아무도 없이 눈을 멀뚱히 뜨고 침대에 누워 있었다. 한참을 그렇게 누워 있다가 소피를 보려고 옷을 걸치고 침대에서 내려왔다. 천 실내화를 신고 침대 난간을 짚어가며 뒤쪽으로 갔다. 막 요강에 앉았을 때, 갑자기 뒷방 문에서 삐걱하는 소리와 함께 문이 살짝 열렸다. 수방은 다급하게 물었다.

"누구세요?"

아무 대답이 없자 수방의 마음은 더욱 조급해졌다. 황급히 일어나는데, 검은 형체가 문틈으로 들어오더니 곧장 침대 아래로 들어갔다. 수방은 너무 다급해서 허리끈도 제대로 매지 못하고 비틀거리며 방으로 와서 방 한가운데 대리석 원탁을 붙잡고 겨우 섰다. 등불을 켜고 뭔가 하고 보았다. 알고 보니 하얀 털이 드문드문 있는 검은 고양이였다. 고양이는 침대 아래에서 기어 나와 수방에게 크르릉 거리며 등을 세웠다. 수방이 성질이 나서 발로 걷어차자, 고양이는 방문 앞까지 도망가다가 다시 머리를 돌려 번득이는 두 눈으로 노려보았다. 수방은 더 이상 어쩌지도 못하고 침대로 돌아왔지만 심장이 아직도 쿵쿵 뛰고 있었다. 누구를 부를까도 했지만 엄마를 놀라게 할까 봐 꾹 참고 침대에 올라가 이불을 끌어안고 바짝 긴장한 채 앉아 있었다. 때마침 완방을 부르는 도옥보의 국표가 도착했다. 완방은 치장을 끝내고 수방을 보러 방으로 들어왔다.

"언니, 나 가는데 형부에게 할 말 있어요?"

"없어. 술 적게 마시게 하고 끝나는 대로 오시라고 해."

완방이 대답을 하고 나가려고 했다. 그때 수방이 다시 완방을 불러 세웠다.

"누가 따라가니?"

"아초가 따라가요."

"대아금도 따라가게 해서 대신 술 마시게 해."

완방은 대답을 하고 나갔다. 수방은 더 이상 앉아 있기가 힘에 부쳐 누웠다. 그때 마침 그 고양이가 성가시게 또 살금살금 방으로 기어 들어왔다. 그러나 수방은 안쪽을 보고 누워 있

第二十回
二十二
提心事
對鏡出
噡言

어 눈치채지 못했다. 고양이는 교의에서 화장대로 조용히 뛰어 올라 화장대 위에 있는 거울, 등불, 차 주전자, 자명종 등의 물건들을 하나하나 코를 들이대고 맡았다. 수방은 휘장 안에서 일렁이는 검은 그림자를 보고 사람 머리인 줄 알고 순간 깜짝 놀라 온몸에 식은땀이 나고 손발이 떨려 소리조차 나오지 않았다. 가까스로 버티고 있는데, 그 고양이는 훌쩍 뛰어내리며 빠져나가버렸다.

"이 뒈질 짐승, 때려 죽일 놈!"

수방은 이를 갈며 욕을 퍼부었다. 그러다 잠시 생각에 잠겼다. 정신을 차리고 화장대에 있는 손거울을 집어 들어 들여다보니 누렇게 뜬 수척한 얼굴은 꼭 복건성 귤처럼 부어 있었다. 그녀는 한숨을 쉬며 손거울을 내려놓고 방문을 향해 누워 도옥보가 술자리를 끝내고 돌아오기만을 기다렸다. 그러나 한참을 기다려도 옥보는 좀체 돌아오지 않고, 완방도 돌아오지 않았다. 그러자 마음이 초조해졌다. 마침 이수저가 다시 방으로 들어와 수방에게 말했다.

"죽 다 되었는데, 한 입 먹어봐."

"엄마, 괜찮아요. 지금은 못 먹겠어요. 나중에 먹을게요."

"그러면 나중에 먹고 싶으면 말해. 내가 잠들어버리면 다른 사람들이 생각이나 하고 있겠어?"

수방이 대답을 하고 다시 수저에게 물었다.

"나간 지 한참 됐는데, 완방은 아직도 안 왔어요?"

"다른 자리로 옮겨야 하잖아."

"다른 자리로 갔으면 엄마가 하인에게 둘째 도련님한테 한 번 가보라고 해요."

"모두 나갔어. 대아금이 둘째 도련님 자리에 있잖아."

"누구라도 돌아오는 대로 가보라고 해요."

"어느 세월에 누가 돌아오기만 기다리고 있겠어. 내가 주방장에게 가보라고 할게."

곧장 응접실에 가서 주방장을 불렀다.

"둘째 도련님께 가봐."

주방장은 지시를 따라 나가려고 하는데, 그때 마침 도옥보가 가마에서 내리고 있었다. 대아금도 따라왔다. 수저가 아주 기뻐했다.

"오셨군요! 오셨어! 갈 필요 없겠다!"

옥보는 수방의 침대로 다가가서 물었다.

"한참 기다렸지, 갑갑하지 않았어?"

"괜찮아요. 술자리는 끝났어요?"

"아니! 영감이 흥이 나서 열 곡 이상을 주문했으니 아마 날 샐 때까지 부를 거야."

"당신 먼저 간다고 말씀은 드렸어요?"

옥보가 웃으며 말했다.

"머리가 아파서 술을 못 마시겠다고 하니까 머리 아프면 돌아가라고 하셨어. 그래서 나 먼저 왔지."

"정말 머리 아파요?"

옥보가 웃으며 말했다.

"정말은 정말이었지. 앉아 있을 때는 머리가 아팠는데, 술자리를 빠져나오니까 금세 나아버렸네."

수방도 웃으며 말했다.

"당신도 교활한 사람이에요. 그래서 당신 형님에게 꾸중을 듣는 모양이에요."

옥보가 웃으며 말했다.

"형님은 내게 웃으면서 대하시지 꾸중하지는 않으셨어."

수방이 웃으며 말했다.

"너무 화가 나니까 어이가 없어서 웃으시겠죠."

옥보는 웃기만 하고 침대에 걸터앉아 수방의 손바닥을 계속 어루만지며 물었다.

"지금은 좀 어때?"

"그냥 그렇죠."

"저녁은 먹었어?"

"아직. 엄마가 죽을 만들었는데 드시겠어요? 당신이 들면 나도 좀 먹을게요."

옥보가 대아금을 부르려고 하는 그때, 마침 대아금이 이수저의 말을 듣고 와서 옥보에게 물었다.

"죽 드시겠어요?"

옥보는 곧바로 가져오라고 했다. 대아금이 죽을 가져왔을 때, 옥보가 수방에게 말했다.

"네 엄마는 너를 구슬려가며 한 입이라도 먹여보려고 하지만, 정말 쉽지 않아. 네가 조금만 더 먹어도 엄마 기분이 좋아질 텐데."

"당신은 참 쉽게 말해요. 나도 정말 먹고 싶어요. 넘어가질 않는데 어떡해요?"

그때 대아금이 큰 쟁반 하나를 들고 들어와서 화장대 위에 내려놓고 남포등 심지를 올렸다. 옥보는 수방을 부축해서 침대에 앉히고 자신은 침대에 걸터앉아 각자 죽 한 그릇씩을 들고 먹었다. 쟁반에 차려진 정갈한 네 가지 채소 요리와 오향비둘기고기 요리를 보고 옥보는 수방에게 먹어보라고 했다. 수방은 고개를 저으며 갓만 살짝 집어 맛만 보았다.

마침 그때 완방은 술자리에서 돌아오자마자 옷도 갈아입지 않고 곧장 언니에게 인사하러 왔다. 옥보를 보자 웃으며 말했다.

"내가 맞춰볼까요, 형부 방금 오셨죠? 뭐 드시고들 있어요? 나도 줘요."

그리고 고개를 돌려 아초를 불렀다.

"빨리 나도 한 그릇 가져다줘!"

아초가 말했다.

"옷 갈아입고 먹어요. 뭐가 그렇게 바빠요?"

완방은 급히 외출복을 벗어서 아초에게 건네주었다. 그리고 대아금에게 계속 죽을 가져오라고 재촉해서 화장대에 기대어 먹으며 웃었다. 완방의 모습에 옥보와 수방도 웃었다.

얼마 후, 모두 식사를 마치고 세수를 했다. 대아금이 다시 와서 말했다.

"둘째 도련님, 엄마가 할 말이 있다고 잠시 건너오시랍니다."

옥보는 무슨 일인지 몰라 완방에게 수방 곁에 있으라고 당부하고, 뒤쪽 이수저의 방으로 갔다. 수저는 그를 맞으며 자리를 내주며 말했다.

"둘째 도련님, 내가 보기에 우리 아이 병이 더 깊어진 것 같아요. 오한이 몇 번 들었다고 해서 문제가 되는 건 아닌데, 아무래도 오한은 아닌 것 같아요. 정월부터 지금까지 뭘 먹지도 못하고 야위어서 뼈만 남은 거 보셨죠. 둘째 도련님이 그 애를 달래서 의사 선생을 청해서 약을 지어 먹여야 될 것 같아요."

"수방의 병은 작년 겨울에 의사 선생을 청해 치료해야 했어요. 나도 몇 번이나 말했지만 도통 약을 먹으려고 하지 않으니 나도 방법이 없었죠."

"그 애 성격이 원래 그래요. 병이 나도 말하려고도 않고, 물어봐도 늘 하는 말이 좋아졌다고 둘러대기만 해요. 약을 지어 먹이려고 해도 내켜하지 않아요. 그런데 이번에는 병이 아무래도 예전 같지 않다는 생각이 들어요. 이번에도 그 애가 약을 먹지 않겠다면…. 둘째 도련님, 내 말만 아니면, 그래도 곧잘

回天神力
仰仗良醫

들을 거예요."

옥보는 고개만 떨군 채 가만히 있었다. 수저가 말했다.

"좀 달래보세요. 다른 말은 말고 의사 선생 청해서 약 두어 첩 지어 먹으면 금방 나을 거라고만 하세요. 사실대로 말했다간 그 애가 걱정하게 될 것이고 그러면 또 그것 때문에 다른 병이 생기기라도 하면 더 큰일이잖아요. 그래도 도련님, 너무 걱정하지 말아요. 걱정한다고 무슨 소용이 있나요. 어쨌든 그 애 병도 오래 가진 않을 겁니다. 약만 먹으면 괜찮아질 거예요."

옥보는 미간을 찌푸리며 말했다.

"괜찮든 아니든 수방 자신도 좀 더 조심해야 하는데. 무슨 일이라도 조금만 잘못되면 우울해하잖아요. 이러니 수방의 병이 어떻게 낫겠어요."

"도련님이 잘 알고 계시네요. 그 애가 본인 스스로 좀 더 건강에 신경을 써야 한다는 걸 알았더라면 이 병도 생기지 않았겠지요. 수방의 병은 우울해서 생긴 거니까 도련님이 잘 타일러주면 조금이라도 나아질 겁니다."

옥보는 아무 말 없이 고개만 끄덕였다. 수저가 다시 다른 이야기를 꺼내려고 하는데 옥보는 인사를 하고 수방의 방으로 돌아갔다. 수방이 물었다.

"엄마가 무슨 말 하려고 당신을 불렀대요?"

"별 말 아니야. 도명주 집에서도 '소로두'[1]를 지내냐고 물었어."

"아니, 내 이야기 했겠죠 뭐."

"엄마가 왜 네 이야기를 해?"

"속이지 말아요, 나도 다 아니까."

옥보가 웃으며 말했다.

"그럼 다 알면서 왜 물어!"

수방은 아무 말도 하지 않았다. 완방은 옥보를 잡아끌며 침대에 앉히고 무릎 위에 앉았다.

"엄마가 정말 무슨 말 했어요?"

"엄마가 네가 나쁘대."

"제가 왜 나쁘대요?"

"언니 말 안 들으니까 언니가 속상해하고, 그래서 언니가 아픈 거래."

"그리고 또 무슨 말 했어요?"

"또 네 언니도 나쁘다고 했어."

"언니가 왜 나빠요?"

"언니가 엄마 말을 안 들으니까. 엄마 말대로 아편을 좀 피워서라도 기분이 좋아지면 병이 어떻게 생기겠냐고 말이야."

"말도 안 돼! 누가 언니더러 아편을 피우라고 해요? 아편을 피우면 더 안 좋아져요."

그때, 수방이 차를 마시려고 손을 뻗었다. 옥보가 황급히 차 주전자를 집어 들고 입에 갖다 대어주었다. 두어 모금 물을 마시고 나서 수방은 정색을 하며 말했다.

"엄마한테는 나밖에 없어요. 내가 조금이라도 잘못되면 입 밖으로 한 마디도 하지 않지만 속으로는 걱정에 애가 타죠. 나도 빨리 나아서 엄마 걱정 덜고 싶은데, 지금까지 안 나을 거라고 생각조차 못했어요. 내 얼굴을 거울에 비춰 보면 너무 말라서 사람 얼굴 같지 않아요! 의사 선생을 청해서 약을 지어 먹어도 되지만, 내 병이 약을 먹는다고 나아지겠어요? 작년에 병이 나면서 엄마도 걱정에 속이 타들어가고, 당신도 하루도 편히 지내지 못했잖아요. 내가 다시 의사를 부른다, 약을 먹는다고 하면 번잡스럽게 해서 집안 사람들이 편치 않을 거예요. 아주머니, 여자 하인들도 일하느라 이리저리 바쁘게 뛰어다니는데, 거기다 내 약까지 달이라고 하면, 물론 나에게 말은 않겠지만 어쨌든 따지고 보면 나 한 사람 때문이잖아요. 또 차도가 보이지 않는다면 무슨 의미가 있어요."

"그건 네가 너무 예민한 거야. 또 누가 너를 탓해? 내 말은 약은 먹지 않아도 괜찮아. 다만 너무 더디니까 약을 먹으면 조금 더 빨리 낫는다는 거지. 너도 그렇게 생각하잖아?"

"엄마가 꼭 의사 선생을 부르겠다고 하면 따라야지요. 그런데 만에 하나 약을 먹었는데도 나을 기미가 전혀 보이지 않으면 엄마는 더 걱정할 거예요. 지금 생각해봐도 어릴 때부터 지금까지 엄마는 나를 애지중지하며 무슨 일이든 내 말을 다 들어주었지요. 그런데 난 한 번도 엄마에게 잘한 적이 없어요. 오히려 걱정만 끼쳤지. 그러니 내가 무슨 면목으로 엄마를 보겠어요."

"엄마야 네가 아프니까 그렇지. 네 병만 나으면 엄마도 좋아할 거고, 너도 미안해할 것도 없어."

"내 병을 내가 왜 모르겠어요. 이 병은 쉽게 죽을 병도 아니지만, 쉽게 나을 병도 아니에요. 지금까지 엄마나 다른 사람들이 들으면 걱정할까 말은 하지 않았지만, 이렇게 된 이상 말할게요. 당신에게 나와의 만남은 헛된 것이니, 앞에 한 말들은 더 이상 말하지 않겠어요. 만약 다음 생에 다시 만나게 되면 당신에게 진 빚 다 갚아드릴게요. 난 다른 건 마음에 걸리는 게 없는데, 엄마 걱정은 조금 돼요. 엄마가 걱정되긴 하지만 어쨌든 남동생이 있고, 당신이 조금만 도와주시면 더할 나위 없으니 죽어도 여한이 없어요. 엄마 말고는 바로 저 애가 걱정이죠."

수방은 완방을 가리켰다.

"저 아이는 비록 친동생은 아니지만 친동생처럼 나에게 잘해요. 내가 죽으면 저 애가 제일 고생할 거예요. 지금 다른 건 걱정하지 않는데, 한 가지만은 당신에게 부탁할게요. 당신이 만약 나를 잊지 않겠다면, 내가 죽고 나면 완방과 혼인해줘요. 나와 혼인한 것과 같은 거니까, 이것만은 약속해줘요. 훗날 완방이 이 언니가 잘 대해준 것을 생각해서 국 한 그릇, 밥 한 그릇 올려놓고 나에게 제사를 지내주면 귀신이 되어서도 갈 곳이 있으니 나의 생도 완전하다고 할 수 있겠지요."

수방은 자신의 말에만 열중하느라 완방이 옆에서 듣고 있다고 생각지도 못했다. 완방은 처음부터 멍하니 듣고만 있다가 수방의 마지막 말에 울음을 참지 못하고 터뜨렸다. 옥보는 다급히 다가가서 달랬다. 완방은 손을 뿌리치고 울면서 이수방의 방으로 뛰어갔다.

"엄마, 언니가 이상해요!"

수저가 깜짝 놀라며 다급하게 물었다.

"무슨 일이야?"

완방은 말도 못하고 손짓으로만 가리켰다.

"엄마가 가봐요!"

수저가 가보려고 하는데 옥보가 뛰어와서 말했다.

"아무 일도 아닙니다. 아무 일도."

그리고 수방이 한 말을 대충 전해주고 완방의 성급함을 나무랐다. 수저도 나무랐다.

"왜 이렇게 철이 없어! 언니가 아파서 그냥 해본 말을 가지고, 이상하다고 하면 어떡해."

수저는 완방의 손을 잡고 옥보와 함께 수방의 침대로 다가갔다. 수방에게 이상이 없는 것을 보고 모두들 안심했다. 수저는 깔깔 웃으며 말했다.

"이 애가 뭘 알겠니. 네가 우울하게 말하니까 놀랐던 거지. 나도 깜짝 놀랐네!"

수방은 완방의 얼굴에 눈물 자국이 있는 것을 보고 미소를 지었다.

"울고 싶으면 내가 죽었을 때 실컷 울어도 되는데 뭐가 그렇게 급하니."

수저가 말했다.

"너도 그렇게 말하면 안 되지. 계속 그러면 또 울어."

수저는 화장대에 진열해놓은 흑석 자명종을 한 번 쳐다보았다.

"벌써 열두 시야. 내 방으로 가서 자자."

수저는 완방의 손을 끌고 가려고 했다. 그러나 완방은 가려고 하지 않았다.

"난, 등나무 교의에서 잘래요."

수저가 말했다.

"거기서 어떻게 자겠다는 거니, 어서 가."

완방은 또 금방 울음을 터뜨리고 했다. 그러자 옥보가 끼어들었다.

"침대에 같이 자죠 뭐, 침대가 커서 세 사람이 자도 괜찮아요."

수저는 그 말을 따르고, 다시 완방에게 울지 말라고 당부하고 나갔다. 대아금, 아초도 정리를 하고 불을 끄고 문을 닫으며 '편히 주무세요' 인사를 하고 물러났다. 옥보는 완방에게 먼저 자라고 했다. 완방은 외투를 벗고 수방의 다리 옆에서 몸을 구부리고 누웠다. 옥보도 내의만 입고 수방과 한참을 나란히 앉아 있다가 잠자리에 들었다.

옥보는 수방의 병을 생각하니 마음이 초조해져서 잠을 이룰 수 없었다. 오히려 수방은 빨리 잠들었다. 옥보는 날씨가 더워 몸을 돌리려고 하는데, 수방의 팔이 가슴 위에 얹혀 있었다. 그녀가 깰까 조심스럽게 손을 뻗어 자기 쪽에 덮은 옷을 한 겹 걷어 올려 살짝 흔들다 침대 안쪽의 완방의 몸에 닿았다. 전혀 미동하지 않을 걸 보니 깊이 잠든 모양이었다. 옥보는 눈을 뜨고 둘러보니, 비단 휘장 너머 화장대 위 등불 불빛이 으슴푸레하였다. 대략 두 시쯤 되었겠구나 싶었다. 사위는 쥐죽은 듯 조용했고, 도로 위 마차 바퀴소리만 저 멀리서 들려왔다. 옥보는 조금 시원하게 느껴져서 점점 잠 속으로 빠져들었다.

잠에 취해 몽롱한데 갑자기 수방이 꿈속에서 비명을 지르며 한 손으로 옥보를 꼭 잡으며 안간힘을 쓰며 안으로 파고들었다.

"난 안 가! 난 안 가!"

옥보는 잠에서 깨어났다.

"나 여기 있어, 무서워하지 마."

급하게 일어나 수방을 껴안아 흔들고 손으로 치기도 했다. 수방은 그제야 잠에서 깨어났다. 그러나 여전히 손을 꼭 쥐고 놓으려 하지 않았다. 눈을 뜨고 옥보를 보고 가쁜 숨을 몰아 쉬었다.

動情魔回念

"꿈꿨어?"

수방은 한참 뒤에 말했다.

"외국 사람 둘이 나를 잡아가려고 했어요."

"아무래도 낮에 외국 사람을 봐서 놀란 모양이야."

수방은 숨을 고르고 손을 놓으며 또 한숨을 쉬었다.

"허리가 아파요!"

"내가 주물러줄까?"

"돌아눕고 싶어요."

옥보는 수방이 안으로 향해 누울 수 있게 몸을 옆으로 돌렸다. 수방은 움츠리며 이불 속으로 파고 들어가 옥보 가슴팍에 머리를 묻고 옥보에게 꼭 안아달라고 했다. 수방과 옥보가 뒤척이는 바람에 완방을 깨우고 말았다. 완방은 '형부' 하고 찾았다. 옥보가 대답하자 완방은 일어나 앉아 눈을 비비며 물었다.

"언니는?"

"자고 있어, 너도 빨리 자, 왜 일어났어?"

"언니는 어디에서 자고 있어요?"

"어디긴 여기지."

완방은 믿기지 않은 듯 기어올라 이불을 들춰 보았다. 옥보는 다시 자라고 했다. 완방은 누우며 다시 불렀다.

"형부, 내가 잠들 때까지 자지 말아요."

옥보는 그러겠다고 대답했다. 잠시 후, 모두 흑첨향으로 들어가 다음 날 아홉 시가 넘도록 일어나지 않았다. 대아금이 침대 앞 휘장 사이로 나직하게 불렀다.

"둘째 도련님."

그 소리에 도옥보와 이수방 모두 잠에서 깨어났다. 대아금은 쪽지 하나를 올렸다. 옥보가 보니 운보의 필체였다. 다 읽고 나서 대답했다.

"알았다."

대아금은 말을 전하러 나갔다. 수방이 물었다.

"무슨 일이에요?"

"여전홍이 어제 밤에 전보를 받고 급한 일이 생겼다며 오늘 돌아가니까 형님이 나보고 잠시 같이 배웅하자고 그러시네."

"당신 형님은 아부를 잘하셔요."

"너는 더 자, 난 잠시 다녀올게."

"어젯밤 당신 잠도 제대로 못 주무셨을 텐데 빨리 돌아와서 좀 주무세요."

옥보가 옷을 입고 침대에서 내려오자, 완방도 깨어났다.

"형부, 왜 일어났어요? 근데 왜 날 안 깨웠어요?"

완방은 침대에서 기어 내려왔다. 옥보는 급히 완방의 옷을 집어 입혀주었다. 수방이 말했다.

"당신도 옷 더 입어요. 황포탄에는 바람이 많이 불어요."

옥보는 목화솜 마고자로 갈아입고 완방에게는 목화솜 조끼를 하나 더 입혀주었다. 대충 정리를 하고 나니 도운보가 벌써 가마를 타고 왔다. 옥보는 황급히 휘장을 내리고 운보를 방으로 모셨다.

---

1 燒路頭 : 노두(路頭)는 재물을 관장하는 신으로, 오로재신(五路財神)이라고도 한다. 오로(五路)는 동서남북 그리고 중앙을 가리키며, 문을 나서면 다섯 방향에서 모두 재산을 얻을 수 있다는 의미를 가지고 있기도 하다. 일반적으로 상점에서는 노두신의 탄신일을 기리며 정월 초닷새에 노두신을 맞이하는 행사를 기행한다. 이날 행사에는 노두주(路頭酒)를 마시는데, 모든 점원들을 청한다. 술을 따를 때에도 재물이 가득 찬다는 의미로 술잔에 술을 가득 따른다. 재난을 피하고 복을 구하기 위해 이 신에게 제사를 지내는 것을 '소로두(燒路頭)'라고 한다. 특히 19세기 상해 지역의 기루에서 이러한 풍속이 성행하였다.

21

잃어버린 물건을 묻는 손님을 속이려 점괘를 묻고, 귀가 시간을 정한 아내가 무서워 몰래 술자리를 벌이다

問失物瞞客詐求籤 限歸期怕妻偷擺酒

도옥보는 이수방의 방으로 도운보를 모셨다. 운보는 먼저 수방의 병세를 묻고, 옥보에게는 세수하고 머리 단장을 서둘라고 했다. 약간의 간식을 먹고 나서 각자 가마를 타고 동흥리를 나와 황포탄으로 향했다. 작은 기선 한 대가 양행부두에 정박하고 있고, 관가 가마 한 대와 마차 한 대가 이미 부두에 와 있었다. 도운보와 도옥보가 명함을 건네자 여전홍이 중간 선실로 맞이했다. 선실 안에는 이실부와 이학정 숙질 두 사람이 있었다. 이들도 배웅하러 나온 것이었다. 다들 서로 인사를 하고 자리에 앉아 이런저런 이야기들을 나누었다.

잠시 후, 우노덕과 주애인이 가마를 타고 함께 도착했다. 여

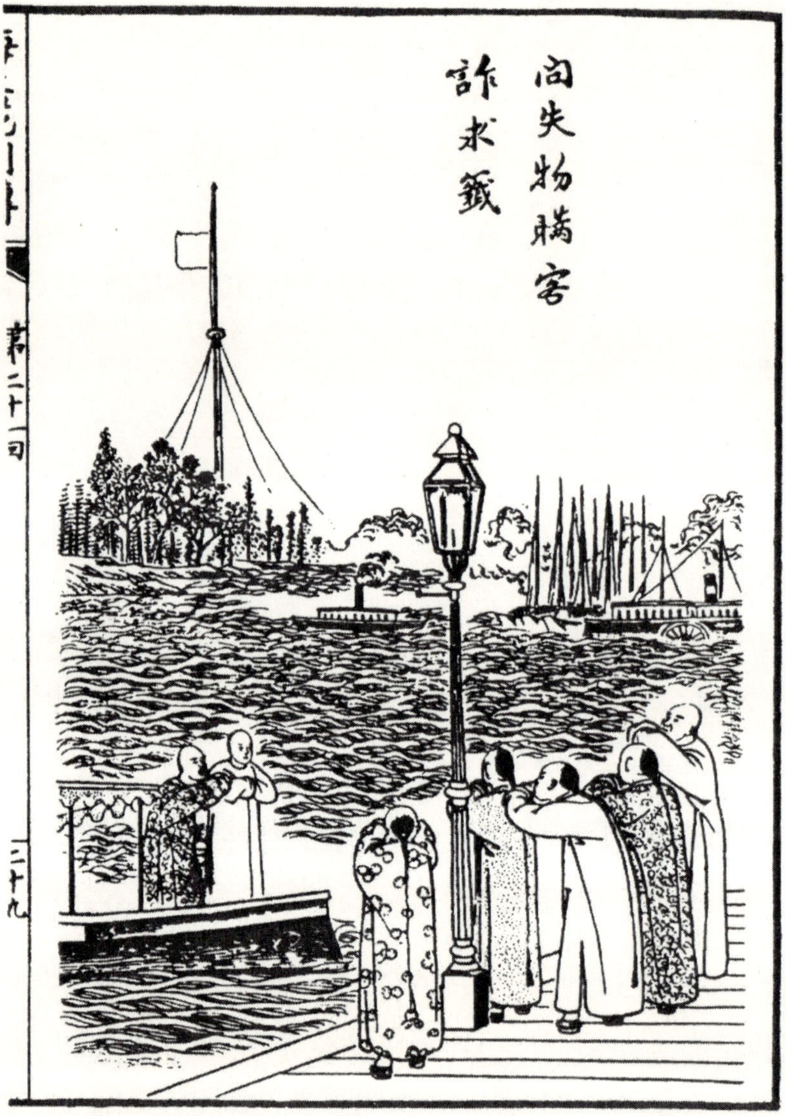

問失物瞞客
詐求籤
第二十一回
二十九

전홍이 그들을 보자마자 어떻게 되었는지 물었다. 주애인이 말했다.

"말이 잘 통해서 모두 팔천에 합의했습니다."

여전홍이 공수하며 말했다.

"수고가 많았네."

이실부가 무슨 일인지 물었다. 여전홍이 말했다.

"골동품 두 점을 샀네."

우노덕이 말했다.

"물건도 좋고, 가격도 적당합니다. 오 척 높이 경태요(景泰窯)[1] 화병 하나가 삼천이니까요."

이실부는 혀를 내두르고 머리를 흔들며 말했다.

"사지 말게! 그것 사서 뭐하게?"

여전홍은 웃기만 했다. 배에서 이리저리 배회하는 동안 떠날 때가 되자 모두 인사를 하고 부두로 올라왔다. 여전홍, 우노덕은 뱃머리까지 나와 작별인사를 했다. 도운보, 도옥보, 주애인은 모두 가마를 타고 돌아갔다. 이실부와 이학정은 지리에 밝은 마부 덕분에 사마로를 경유하여 상인리 입구에 도착했다. 이실부는 학정이 양원원의 집으로 가려고 한다는 것을 너무나 잘 알고 있어 일이 있다는 핑계를 대고 동행하지 않았다. 학정도 실부의 성격을 알기에 인사를 하고 골목 안으로 들어갔다.

이실부는 사실 특별한 일이 있었던 것은 아니었다. 아직 날도 저물지 않았으니 어디로 가면 좋을까 생각하다 제십전에게 가서 식사를 하는 게 좋겠다고 생각하였다. 그리고 곧바로 서쪽으로 쭉 걸어가서 대흥리에 이르러 제십전의 집 문으로 성큼 들어섰다. 응접실에 한 노파가 앉아 있는데 바로 화우루에서 눈을 가늘게 뜨고 있던 바로 그 노인이었다. 실부는 조금 의아해했다. 제삼저가 그를 맞이하며 큰소리로 말했다.

"아유! 이 나리께서 오셨어요!"

그녀는 황급히 마당으로 뛰어나와 실부의 소매를 붙잡고 응접실로 끌고 들어갔다. 노파는 기회를 보다 인사를 하고 나갔다. 제삼저도 굳이 붙잡으려고 하지 않았다.

"시간 있으면 또 놀러 와요."

노파는 고맙다는 인사를 하고 나갔다. 제삼저는 문을 잠그고 돌아왔다.

"이 나리, 이 층으로 올라가시죠."

실부는 이 층으로 올라갔다. 방 안에는 아무도 없었다. 제삼저는 성냥을 찾아 연등에 불을 붙이면서 말했다.

"이 나리, 죄송합니다. 잠깐만 앉아계세요. 십전은 향을 피우러 갔어요. 곧 돌아올 테니, 아편 피우고 계세요. 전 가서 차를 준비해 오겠어요."

제삼저가 가려는데, 실부는 그녀를 불러 세워 그 노파가 누구인지를 물었다.

"곽효파(郭孝婆)라고, 우리 언니예요. 아세요?"

"잘 몰라, 화우루에서 몇 번 봤을 뿐이야."

"나리, 모르신다고 하시지만 제가 말하면 나리께서도 누군지 아실 거예요. 우리 칠자매 중에 제일 큰언니랍니다. 오래전부터 우리는 자매로 지냈지요. 사이가 좋아서 의자매를 맺었고, 함께 일하고 함께 놀러 다니고 상해에서 이름을 좀 날렸어요. 나리, 사진관에 걸린 '칠자매' 보셨죠? 바로 우리예요."

"오, 자네가 칠자매였군. 그런데 왜 한 번도 말하지 않았어?"

"칠자매를 아시는군요. 지금 칠자매라고 해봐야 옛날 그 칠자매가 아니죠. 시집가고, 죽고, 이제는 세 사람만 남았어요. 곽효파가 큰언니인데 그런 몰골이 되어버렸고, 전 셋째입니다. 둘째 언니 황이저가 제일 성공했죠. 사 온 기녀들도 몇 명이나 되고, 기루도 가지고 있고, 장사도 잘 되고 있으니까 말이죠."

"지금 곽효파 저 사람은 여기서 뭐 하고 있는가?"

"우리 큰언니 이야기를 하자면 정말이지 속에서 열불이 납니다. 수완이야 언니가 최고였지만 운이 안 따라줬어요. 재작년에 새로운 일거리를 찾았는데 두 달 뒤에 신아문[2]에 잡혀 들어갔죠. 뭐 유괴를 했다나. 일 년 넘게 감옥에 있다가 작년 말에서야 풀려났어요."

실부가 다시 물으려고 할 때 갑자기 아래층에서 종소리가 들려왔다. 제삼저가 말했다.

"십전이 돌아온 모양이에요."

그녀는 급히 아래층으로 내려가 문을 열어주었다. 실부가 고개를 들고 유리 창문으로 내다보니 제십전은 벌써 문을 열고 들어와 있었다. 붉은빛이 감도는 검은 호주산 주름 비단 겹저고리 위에 회백색 남경 주단 마고자를 입은 잘생긴 젊은 남자가 따라오고 있었다.

실부는 창녀가 새로 물어온 손님이라고 추측하고 귀를 기울여 들었다. 제삼저가 아래층 응접실에서 젊은 남자를 맞이하며 소곤거리는 소리가 들려왔다. 그러나 무슨 말을 하는지 알아들을 수 없었다. 제삼저는 이야기를 끝내고 주방으로 가서 차를 준비해 이 층으로 올라왔다.

이 틈에 실부는 가려고 하였으나 제삼저가 붙잡으며 작은 소리로 말했다.

"나리, 가지 마세요. 누구라고 생각하시는 거예요? 우리 딸아이 남편이에요. 같이 향 피우고 돌아오는 길인데, 내가 위층에 손님이 있다고 하니 올라오지 않고 바로 간대요. 나리, 잠시만 앉아계세요. 죄송합니다."

이실부가 깜짝 놀라며 말했다.

"이런! 남편이었던 거야?"

"네. 맞아요."

실부는 잠시 생각에 잠겼다가 말했다.

"만약 이 층으로 올라오겠다고 하면 어떡하지?"

"나리, 걱정 마세요. 어디 감히 올라오겠어요! 올라와도 나와 있으면 괜찮아요!"

실부는 자리로 돌아가 앉으며 더 이상 말을 꺼내지 않았다. 제삼저는 일을 처리하러 다시 아래층으로 내려갔다. 잠시 후 그 젊은 남자는 정말로 혼자 돌아갔다. 제십전은 문 입구까지 나가 그를 배웅하였다. 그리고 다시 제삼저와 함께 주방으로 들어가서 한참을 수군거리고 나서야 이 층으로 올라와 실부를 맞았다. 실부가 물었다.

"남편인가?"

제십전이 웃음만 띠고 대답하지 않았다. 실부가 더욱 조급해져 계속 묻자 제십전은 짜증을 내며 말했다.

"알아서 뭐하시려고요?"

"그냥 자네 남편이냐고 물어보는 것도 안 돼? 누가 그 사람을 빼앗기라도 할까 봐서 화가 난 거냐?"

"묻지 말라잖아요!"

실부가 비아냥거리며 말했다.

"나 참! 남편 있는 게 뭐 그리 특별한 거라고, 한마디도 묻지 못하게 해!"

제십전이 실부의 허벅지를 꼬집자 실부가 '아야야' 하고 소리를 질렀다.

"이래도 캐물을 거예요?"

실부가 연거푸 말했다.

"안 물을게! 안 물어!"

그러자 제십전은 손을 놓았다. 실부는 아무렇지도 않은 듯이 비식 웃으며 말했다.

"남편이 아주 잘생겼더구나. 나이도 젊고 얼굴도 아주 준수하고 입고 있는 옷도 세련되고 말이야, 정말이지 너는 복이 많아!"

제십전은 그의 말을 듣고 느닷없이 실부를 탑상으로 넘어뜨리며 실부 옆구리를 간지럽혔다. 실부는 간지럼에 웃음이 터져 나와 침을 흘리고 숨이 막혀 그녀를 떼어내지도 못했다. 다행히도 마침 제삼저가 점심을 어떻게 할지 물으러 올라오자 제십전은 멋쩍게 웃으며 마지못해 물러났다. 제삼저는 실부를 부축해서 일으키며 웃었다.

"나리께서도 간지럼을 잘 타시나 봐요? 그 애 남편과 똑같네요."

"자네가 또 그 남편 이야기를 꺼내는구나! 내가 캐물었다고 화가 나서 나를 괴롭히는 거야."

"나리께서 도대체 뭐라고 하셨길래 우리 애가 화가 났대요?"

"난 그가 훌륭하다고만 했지, 다른 말 안 했어."

"나리께서는 훌륭하다고 말했다지만 우리 애는 짓궂게 놀리는 걸로 알아요. 맞잖아요?"

실부는 웃으며 고개를 끄덕이고 제십전을 슬쩍 엿보았다. 제십전은 창가에 단정하게 앉아 입을 뾰로통하게 해서 고개를 숙이고 손톱을 자르고 있었다. 그녀는 부끄러워서 반들거리는 거울처럼 얼굴을 붉혔다. 실부는 더 이상 말을 하지 않았다.

제삼저가 물었다.

"나리, 뭐 드시겠어요? 요리 주문할게요."

실부가 대충 요리 두 가지를 대니 제삼저는 곧바로 주문하러 갔다.

실부는 두어 차례 아편을 피우고 난 후, 제삼저에게 가까이 와서 앉으라고 하고 이야기를 나누었다. 제십전은 가슴 속에서 점괘종이[3]를 꺼내 실부에게 보여주며 해석을 해달라고 했다.

"장사가 잘 될지 안 될지를 점쳐봤어?"

제십전이 화를 내며 말했다.

"당신 정말 짓궂어요! 우리가 무슨 장사를 하고 있다는 거예요?"

"그러면 남편의 운세를 봤어?"

제십전이 또 갑자기 두 손으로 실부의 허리를 잡자 실부는 재빨리 피하며 용서를 빌었다. 제십전은 그 틈에 종이를 도로 빼앗으며 말했다.

"해석 안 해줘도 돼요!"

실부는 밉살스러운 얼굴을 하고 도로 빼앗았다.

"화내지 마! 내가 읽어줄게."

제십전은 더 화가 나서 종이를 탁자에 내려놓고 다른 곳으로 고개를 돌렸다.

"됐어요!"

실부는 재미가 없어져서 잠시 생각하다가 정색을 하며 말했다.

"이 점괘는 중평[4]인데, 문장이 아주 훌륭하군. 상상첨(上上簽)[5]도 이보다 못해."

제십전이 그 말에 솔깃하여 고개를 돌려 탁자 위를 보니 정말 '중평첨(中平簽)'이었다. 실부는 이때다 싶어 옆으로 가서 짚어주었다.

"여기를 봐, 문장이 좋잖아?"

"무슨 말이에요? 읽어줘 봐요."

"알았어, 알았어, 읽어줄게."

점괘종이를 들고 위의 네 구는 넘어가고 옆에 적힌 주석 네 구만을 읽어주었다.

"매도혼인수(媒到婚姻遂),
중매를 서니 혼인이 성사되고
의래질병제(醫來疾病除),
의사를 부르자 병이 말끔히 사라진다.
행인수미지(行人雖未至),
떠난 사람 아직 돌아오지 않았건만
실물자무우(失物自無虞),
물건을 잃어도 애써 근심할 일 없네."

다 읽어주어도 제십전은 여전히 멍한 표정이어서 실부가 다시 한 구절 설명해주었다. 제십전이 물었다.

"'의래(醫來)'가 무슨 물건이에요?"

"그건 바로 의사 선생을 청한다는 말이지. 의사를 청하게 되면, 병이 다 낫게 된다는 뜻이야."

"선생은 어디에 가서 청하죠?"

"그건 여기에 나와 있지 않는데. 어디가 아파서 선생을 청하려고 하느냐?"

제십전은 대답을 피하며 말했다.

"아니에요."

"선생을 청하려면 나에게 물어보면 돼. 내과 외과 모두 볼 수 있는 친구가 있는데 정말 뛰어나지. 아무리 희귀한 병도 진맥만으로 바로 알아. 그 친구를 청할까?"

"병도 없는데 청해서 뭐하게요?"

"네가 어디에 가서 선생을 청하냐고 물으니까 내가 청하겠냐고 그런 거잖아. 네가 묻지도 않았는데 내가 왜 묻겠어?"

제십전은 자기도 웃음이 나왔지만 대답은 하지 않았다. 실부가 다시 물었을 때 제삼저가 점심상을 들고 오는 바람에 대화가 끊어졌다. 식사를 마친 후, 이실부는 아편을 피우러 화우루에 가려고 하였다. 제십전은 억지로 붙잡지는 않았지만 당부는 잊지 않았다.

限歸
期怕
妻偷
挪
酒

"나중에 조금 일찍 와서 저녁 드세요. 기다리고 있을게요."

실부는 대답을 하고 아래층으로 내려갔다. 제삼저도 몇 마디 당부를 하며 문 앞까지 배웅해주었다.

대흥리를 나와 천천히 사마로 동쪽으로 걸어가다 막 상인리를 지나치려는데, 동쪽에서 걸어오던 일행과 우연히 마주쳤다. 바로 나자부, 왕연생, 주애인 그리고 요계순이었다. 실부가 부르기도 전에 요계순이 실부를 끌어당기며 말했다.

"마침 잘됐군, 함께 가세!"

이실부가 고사하는데도 요계순은 막무가내로 그를 끌고 상인리 위하선의 집으로 갔다. 응접실에는 신의 모습이 그려진 그림 한 점이 걸려 있고, 사방에서 도사들이 마주 보고 보권(寶卷)[6]을 염송하고 있었다. 향불연기가 자욱하고, 종과 북소리가 은은하게 울려 퍼졌다. 이실부는 대충 어떤 상황인지 짐작할 수 있었다. 요계순은 모두 이 층으로 안내하였다. 방에 들어가니 위하선이 그들을 맞이하였다. 모두 자리에 앉자 요계순이 아교에게 명했다.

"가서 술자리를 준비하라고 해."

그러자 이실부가 말했다.

"난 이제 막 식사를 했어. 더는 못 먹어."

"누구는 식사를 하지 않았나! 먹을 수 없으면 잠시 앉아서 이야기나 나누세."

주애인이 말했다.

"실옹은 아편이 급한 게 아닌가?"

위하선이 말했다.

"아편이야 여기에도 있어요."

이실부가 다른 사람에게 먼저 피우라고 하니, 왕연생이 말했다.

"우리들은 두 번이나 피웠으니 자네 먼저 피우게."

실부는 빠져나갈 수 없다는 것을 알고 마지못해 탑상으로 가서 피우기 시작했다. 요계순은 국표를 썼다. 먼저 나자부와 주애인 두 사람 것을 쓰고 나서 왕연생에게 물었다.

"두 사람을 한꺼번에 부를까?"

연생은 얼른 손을 내저었다.

"소홍만 불러."

이실부에게도 물었다. 실부가 말을 하지 않자 다른 사람들이 일제히 외쳤다.

"자네는 당연히 도명주지."

실부는 말리려고 했지만 요계순은 벌써 국표를 다 쓰고 건네주고 있었다. 이어 물수건을 가져오라고 재촉했다. 이실부는 아편을 세 번만 피워서 충분하지 않았지만 요계순에게 물었다.

"술자리야 저녁 늦게 하는 게 좋은데, 뭐가 급한가?"

나자부가 웃으며 말했다.

"급한 건 아닌데 두 무릎이 고생스러워 그렇겠지. 나중에 마셔도 괜찮아."

이실부는 무슨 말인지 영문을 알 수 없었다. 요계순은 멋쩍어하며 변명을 늘어놓았다.

"오늘 선권[7]이 있어서 일찍 마시려는 거지. 저녁에 손님이 술 마시러 오니까 방을 비워놔야 하잖아, 안 그래?"

위하선이 끼어들었다.

"누가 당신에게 방을 양보하라고 해요? 저녁에 마시고 싶으면 나중에 마셔도 돼요."

그리고 아교를 돌아보며 명했다.

"내려가서 말해줘. 국표는 조금 천천히 보내고 술자리는 저녁에 있다고 전해."

아교는 속사정은 모른 채 대답을 하고 가려고 했다. 그러자 요계순이 급히 그녀를 불러 세웠다.

"말할 건 없고 술자리나 다 준비되었는지 봐."

위하선이 말했다.

"술자리는 그대로 두면 돼요."

"난 배가 많이 고파, 지금 먹어야겠어."

"방금 식사했다고 하셨잖아요. 그러면 먼저 간식을 좀 사다가 요기를 하죠."

위하선은 다시 아교에게 간식을 사 오라고 했다. 계순은 더 이상 방법이 없어 목소리를 낮추어 애원했다.

"제발, 날 난처하게 하지 말고, 그냥 좀 넘어가줘."

하선은 피식 웃으며 말했다.

"그런데 당신은 왜 우리 핑계를 대죠? 우리가 당신에게 일찍 술자리를 만들라고 했나요?"

"아니, 아니야!"

하선은 더 이상 캐묻지 않았지만 혼자 투덜거렸다.

"아무리 마누라를 무서워한다고 해도 당신처럼 무서워하는 건 정말 보기 드물 거예요."

하선의 말에 모두들 응접실이 떠나갈 듯이 웃었다. 요계순은 뻔뻔한 얼굴을 하고 있었지만 부끄러운 마음을 숨길 수는 없었다. 다행히 남자 하인이 수건을 들고 올라와서 떠나갈 때를 놓치지 않고 계순은 손님들을 자리에 앉혔다. 술이 세 번 돌자 황취봉, 심소홍, 임소분이 차례로 들어오고 도명주가 제일 뒤에 도착했다. 주애인은 이실부를 가리키며 도명주에게 일러주었다.

"여 대인에게 질투를 해서 부르려고 하지 않았어."

"무슨 질투를 해요? 부르려고 하지 않은 건 질투 때문에 그런 게 아니에요. 마음에 드는 새사람을 찾았겠죠. 그 사람을 부르려고 했던 거예요, 알겠어요?"

이실부가 물었다.

"누구를 부르려고 했다는 거야?"

"제가 어떻게 알아요?"

이실부는 멋쩍게 웃기만 했다. 왕연생도 웃으며 말했다.

"손님 노릇하기도 쉽지 않아. 자네가 사흘 동안 그녀를 부르지 않았다고 말도 안 되는 소리나 하고 다른 사람 불렀다 하면 항상 이렇다니까!"

심소홍은 뒤에 앉아 냉랭하게 한마디 쏘아붙였다.

"말도 안 되는 소리가 아니지요!"

나자부가 크게 웃었다.

"왜 말도 안 되는 소리가 아니야! 손님도 기녀도 모두 말도 안 되는 소리를 하고 있어! 술이나 마셔! 말도 안 되는 소리 그만들 하고!"

요계순은 환호성을 지르며 아교에게 큰 잔을 가져오라고 하고 곧바로 술내기 화권을 하느라 한바탕 왁자지껄했다. 술자리가 끝나고 기녀들이 돌아가자 해는 벌써 서쪽으로 기울고 있었다.

나자부는 요계순이 일찍 집으로 가야 하는 것을 알고 있기에 양껏 마시지 못하고 잔을 엎고 자제해야 했다. 요계순은 죽을 가져오라고 했다. 이실부는 죽도 먹지 않고 먼저 작별인사를 하고 일어났다. 왕연생, 주애인은 한입만 뜨고 한시라도 빨리 아편을 피우고 싶어 총총히 떠나갔다. 오직 나자부만 두 그릇을 비우고 얼굴을 닦고 입을 헹구고 나서야 일어났다. 요계순이 그와 함께 나가려고 하자 위하선이 그를 붙잡았다.

"우리는 술손님도 안 왔는데, 벌써 방을 양보하시려는 거예요."

요계순이 웃었다.

"곧 오겠지."

"온다고 해도 정자간에서 마시게 하고 당신은 저와 여기에 있으면 되잖아요."

계순은 다시 한 번 두 손을 모아 사죄하고 나자부를 따라 아래층으로 내려갔다. 가마꾼들은 이미 문 앞에서 그들을 기다리고 있었다. 요계순은 작별인사를 하고 가마에 올라 혼자 공관으로 돌아갔다.

나자부는 가마에 오르지 않고 가마꾼에게 빈 가마를 들고 뒤따르게 하고 남쪽 모퉁이를 돌아 황취봉의 집으로 갔다. 막 이 층으로 올라가려고 하는데, 계단 옆 황이저가 기거하는 작은 방의 문이 열려 있고, 한 노인이 문을 가로 막고 웅크리고 앉아 있는 게 보였다. 자부는 크게 관심을 두지 않고 지나쳐 이 층으로 올라갔다. 그런데 그곳에 황이저가 있었다. 황취봉은 침울하고 불퉁한 표정으로 한쪽에 앉아 물담배를 피우고 있었다. 불쾌한 기색이 역력했다.

자부가 들어서자 황이저는 '나 나리' 하고 인사를 올리며 물었다.

"술자리는 끝났어요?"

자부는 간단하게 대답을 하고 자리에 앉았다. 취봉은 혼자 물담배를 피우며 한마디도 하지 않았다. 자부도 무슨 사정인지 영문을 몰라 가만히 있었다.

한참 뒤, 취봉이 불쑥 말을 꺼냈다.

"엄마도 생각을 해봐요, 나이가 몇이에요! 그런데도 애인을 만들어요! 체면을 생각해야죠!"

황이저 자신도 민망한지 한마디도 대꾸하지 못했다. 취봉은 자부 앞에서 더 이상 말을 않다가 물담배를 다 피우고 나서야 물었다.

"지금 돈 가진 거 있어요?"

자부는 그 자리에서 있다고 대답하고 옷을 뒤적거려 잎처럼 얇은 지갑을 꺼내 취봉에게 주었다. 취봉이 지갑을 열어보니 지폐 한 묶음이 들어 있었다. 취봉은 십 원짜리 한 장만 꺼내고 나머지는 손대지 않고 그대로 자부에게 돌려주었다. 그리고 그 지폐를 황이저에게 건네주며 큰소리로 말했다.

"또 그들에게 갖다줘 봐요!"

황이저는 부끄러워 몸 둘 바를 몰라 하며 지폐를 받아 들고 억지로 웃으며 말했다.

"안 그럴게."

"나도 잔소리하고 싶지 않아요. 이제는 돈을 빌리려고 해도 빌려줄 사람도 없어요!"

황이저가 웃으며 말했다.

"안심해, 너한테는 빌리지 않을 거니까. 나리, 고마워요. 괜히 나리에게 폐를 끼쳤네요."

황이저는 싱글거리며 내려갔다. 취봉은 또 혼잣말로 투덜거렸다.

“폐 끼쳤다는 걸 아는 것만 해도 다행이야!”

자부가 물었다.

“어디에 돈이 필요한 거야?”

취봉은 미간을 찌푸리며 말했다.

“우리 엄마 정말 짜증나요. 내가 괜히 잔소리하는 게 아니에요! 돈이 생겼다 하면 애인에게 빌려줘 버리고, 정작 엄마가 써야 할 때는 다시 나한테 요구하잖아요. 타박을 하면 얼빠진 사람처럼 못 알아듣는 체하고, 욕을 하고 야단을 쳐도 며칠 지나면 다 잊어버리니까 늘 이래요. 나도 어쩔 수가 없어요!”

“애인이 누구야?”

“엄마 애인이야 셀 수 있나요! 늙은 옛 애인들은 제쳐두고라도 최근에 생긴 애인만 해도 몇 명이나 돼요. 엄마 나이에, 체면이 있기는 한 건지.”

“엄마 방에 있던 그 노인이 혹시 애인이냐?”

“그 노인은 재봉사 장 씨예요. 애인은 무슨 애인. 지금 그 재봉사에게 바느질 삯을 줘야 하는데, 못 맞출 거예요”

자부는 한번 웃기만 하고, 잠시 이야기를 나누었다. 조가모가 저녁상을 들고 올라왔다. 자부가 이미 먹었다고 하자 취봉은 자매 황금봉을 불러 같이 먹었다. 그런데 저녁 식사가 끝나기도 전에 아래층에서 남자 하인의 소리가 들려왔다.

“선생님, 술자리 들어왔어요.”

취봉이 큰 소리로 물었다.

"어디야?"

"후마로입니다."

"알았어." (3권에 계속)

---

1 명(明) 경태(景泰) 연간(1450~1457)에 제작된 도자기

2 新衙門 : 회심공당(會審公堂)으로, 상해회심공해의 속칭이다. 청말 상해 조계지에 설치한 사법심판기관으로, 중국의 심리관서와 구분한 명칭이다. 불평등조약의 규정에 따라 중외호공(中外互控)의 안건은 모두 중국, 영국, 미국, 프랑스 네 개의 나라 회심관이 심리를 하였고, 중국 회심관은 허수아비일 뿐이었다.

3 籤詩 : 절이나 도교원에서 길흉 물음에 답하는 시구를 말한다.

4 점괘는 上上, 上吉, 中平, 下下로 나뉜다. 중평은 소길(小吉)에 해당된다.

5 상상(上上)은 대길에 해당된다.

6 승려가 불교의 교리, 경전, 인연담 등을 통속적으로 해석하여 강창하였다. 중국 강창(講唱) 문학의 한 형태이기도 하다. 보권은 명청대에 대량으로 만들어져서 전국 각 지방에서 성행하였다.

7 宣卷 : 승려가 자리하여 보권(寶卷)을 노래하는 것을 말한다.

지은이 **한방경(韓邦慶, 1856~1894)**

송강부 누현(松江府 婁縣, 지금의 상하이)에서 출생하였으며, 부친 한종문(韓宗文, 1819~?)이 형부주사(刑部主事) 직책을 맡게 되어 유년 시절을 베이징에서 보냈다. 1876년 전후 고향 누현으로 돌아와 수재(秀才)가 되었으나, 이후 1885년 난징 향시에 낙방하였다. 1887년부터 1890년까지 『신보』에서 편집자 및 논설 기고자로 생활하였다. 1891년 베이징 향시에 낙방한 후 다시 상하이로 돌아와 1892년 2월에 중국 최초 문예 잡지 『해상기서』를 간행하여 『해상화열전』을 연재하였다. 1894년 초봄 64회 석인본 『해상화열전』을 출판한 후 오래지 않아 병을 얻어 39세의 나이로 세상을 떠났다.

옮긴이 **김영옥**

부산대학교 중어중문학과에서 「『해상화열전』 연구」로 박사학위를 취득하였다. 인제대, 동의대, 동아대학교 등에서 시간강사를 역임하였으며, 현재 부산대학교 중어중문학과 조교로 재직하고 있다. 논문으로 「영화 〈해상화〉와 소설 『해상화열전』의 서사구조 비교」, 「한방경 단편소설의 근대적 불교서사 탐색-「환희불」을 중심으로」 등이 있다.

:: 산지니 · 해피북미디어가 펴낸 큰글씨책 ::

문학

해상화열전(전6권) 한방경 지음 · 김영옥 옮김
유산(전2권) 박정선 장편소설
신불산(전2권) 안재성 지음
나의 아버지 박판수(전2권) 안재성 지음
나는 장성택입니다(전2권) 정광모 소설집
우리들, 킴(전2권) 황은덕 소설집
거기서, 도란도란(전2권) 이상섭 팩션집
*2018 이주홍문학상 선정도서

폭식광대 권리 소설집
생각하는 사람들(전2권) 정영선 장편소설
삼겹살(전2권) 정형남 장편소설
1980(전2권) 노재열 장편소설
물의 시간(전2권) 정영선 장편소설
나는 나(전2권) 가네코 후미코 옥중수기
토스쿠(전2권) 정광모 장편소설
*2016 세종도서 문학나눔 선정도서

가을의 유머 박성선 장편소설
붉은 등, 닫힌 문, 출구 없음(전2권)
김비 장편소설

편지 정태규 창작집
*2015 세종도서 문학나눔 선정도서

진경산수 정형남 소설집
노루똥 정형남 소설집
유마도(전2권) 강남주 장편소설
*2018 대한출판문화협회 청소년도서

레드 아일랜드(전2권) 김유철 장편소설
화염의 탑(전2권)
후루카와 가오루 지음 | 조정민 옮김
감꽃 떨어질 때(전2권) 정형남 장편소설
*2014 세종도서 문학나눔 선정도서

칼춤(전2권) 김춘복 장편소설

목화-소설 문익점(전2권) 표성흠 장편소설
*2014 세종도서 문학나눔 선정도서

번개와 천둥(전2권) 이규정 장편소설
*2015 부산문화재단 우수도서

밤의 눈(전2권) 조갑상 장편소설
*제28회 만해문학상 수상작

사할린(전5권) 이규정 현장취재 장편소설
테하차피의 달 조갑상 소설집
*2011 이주홍문학상 수상도서

무위능력 김종목 시조집
*2016 부산문화재단 올해의 문학 선정도서

금정산을 보냈다 최영철 시집
*2015 원북원부산 선정도서

인문

효 사상과 불교 도웅스님 지음
지역에서 행복하게 출판하기 강수걸 외 지음
재미있는 사찰이야기 한정갑 지음
귀농, 참 좋다 장병윤 지음
당당한 안녕-죽음을 배우다 이기숙 지음
모녀5세대 이기숙 지음
한 권으로 읽는 중국문화
공봉진 · 이강인 · 조윤경 지음
*2010 문화체육관광부 우수학술도서

차의 책 The Book of Tea
오카쿠라 텐신 지음 | 정천구 옮김

불교(佛敎)와 마음 황정원 지음
논어, 그 일상의 정치(전5권) 정천구 지음
중용, 어울림의 길(전3권) 정천구 지음
맹자, 시대를 찌르다(전5권) 정천구 지음
한비자, 난세의 통치학(전5권) 정천구 지음
대학, 정치를 배우다(전4권) 정천구 지음